서정리 한 범부의 망중유한기

– 자연의 품 안에서 고전과 예술을 감상하며

서정리 한 범부의 망중유한기
– 자연의 품 안에서 고전과 예술을 감상하며

초판 1쇄 인쇄 | 2004년 11월 20일
초판 1쇄 발행 | 2004년 11월 25일

지은이 | 이상용
펴낸이 | 임종대
펴낸곳 | 미래문화사
출판등록 | 1976년 10월 19일 제3-44호
전자우편 | miraebooks@korea.com
          mirae715@hanmail.net
전화번호 | 02-715-4507, 02-713-6647
팩스 | 02-713-4805,

ⓒ2004, 미래문화사
ISBN 89-7299-289 -5   03810

*책 가격은 표지 뒷면에 있습니다.

서정리 한 범부의 망중유한기

- 자연의 품 안에서 고전과 예술을 감상하며

청은淸隱 이상용李相鏞 지음

미래문화사

칠순에 즈음, 수상집을 내면서

시인 두보杜甫는 칠십을 예로부터 드물게 맞이하는 나이라 하여 고희古稀라 하였습니다.

그러나 요즈음과 같이 장수를 구가하는 세상에는 고희는 물론 희수喜壽를 훌쩍 넘어 미수米壽, 아니 졸수卒壽에 이르러서도 정념正念과 건강을 유지하며 행신行身에 흐트러짐이 없는 자태를 흔하게 보아 오면서 내 자신도 나도 모르게 다가온 칠순에 즈음하여 이제는 남은 여생이라도 구도자求道者처럼 무욕無慾과 무심無心의 삶을 살아야겠다는 생각을 합니다.

그러나 세속에 물든 나로서는 노욕老慾의 탓인지 이를 실천에 옮기기란 문자 그대로 연목구어緣木求魚에 지나지 않는다는 생각이 듭니다. 그래서 이제는 정녕 이것저것 다 잊은 채 세거지世居地인 아름다운 이곳 청하淸河 서정리西井里에서 오로지 자연의 품 안에서 명사名士들이 쓴 명시名詩와 명문名文과 고전古典을 감상하며, 파적破寂거리에 지나지 않은 농사를 돌보고 있습니다. 그런 중에 한가한 틈을 타 그간 잡지나 회보 등에 기고한 졸문 외에 틈틈이 생각나는 대로 써 놓은 잡문 39편을 모아 《서정리西井里 한 범부凡夫의 망중유한기忙中有閒記》라 이름 붙여 세상에 내어 놓게 되었습니다.

나는 주위에 있는 동료들이 검은 머리가 파뿌리처럼 희게 될 때까지 평생 학문에 정진한 끝에 회갑이나 고희 때에 후학들로부터 기념문집 등을 증정받는 아름다운 학풍學風을 보았습니다. 나는 비록 그러한 경지에는 미치지 못할 지라도, 그래도 우리 사회의 한 몫을 감당하고 있는 공직에서 한평생을 보내고 나니 마음 한편에 허전함이 있고, 또 지난 삶을 되돌아보고 싶은 심정도 있어 부끄러움을 무릅쓰고 필부지용匹夫之勇의 심정으로 용기를 내었다.

부연하여 '지난 삶을 되돌아본다.'는 것은 인생을 정리하는 하나의 결산이 아니라 본문에 기술한 〈반풍수의 변〉이라던가 〈종점에 서서〉와 같이 내 스스로의 반성과 성찰을 통해 후회와 아쉬움을 되뇌어보는 나만의 독백獨白임을 헤아려주시기 바

랍니다.

　끝으로 졸저拙著를 대하시는 은사님과 선배님, 친구들과 후배
들, 그리고 인아친척姻婭親戚과 오랫동안 칩거蟄居한 관계로 자주
연락을 하지 못하였지만 오늘이 있기까지 저와 저의 가족에게
은혜와 후의厚誼를 베풀어 주신 정다운 분들께 깊이 감사드리
며 아울러 좋은 책을 출판하고 있는 미래문화사에서 졸저拙著
를 맡아 출판하여 주신데 대하여 임종대 사장님께 깊이 감사
드립니다.

2004년 늦가을 淸隱軒에서
청은淸隱 이상용李相鏞

차례

선고先考께서 5·16 민족상을 수상하는 모습(세종문화회관)

5·16 민족상을 받고 난 다음 경회루에서의 축하연회 중
박정희 대통령과 환담하시는 선고

아버님의 90회 생신날 4대가 함께 찍은 사진
맨 우측이 아버님의 손자 인형,
좌측이 아버님의 증손자 재열, 맨 좌측이 필자

선고께서 광복절 행사에서 정부로부터
훈장을 받은 후 창덕궁에서 열린 축하연회 중
김종필 국무총리와 함께

선고께서 학교 부지를 희사하시어 ▶
세운 학교 교정에 건립된 공적비

▼ 서정리 전경

▼ 선고께서 많은 방문객들을 맞아 함께
시문詩文을 읊으신 낙오정樂吾亭 전경

85년 1월 청와대에서

88년 2월 청와대에서

김성진 장관으로부터 표창(대통령 표창)받는 모습
(1979년)

이규현 차관으로부터
임명장을 받을 때(1984년)

친구 조우현의 시집
《너와 나의 봄빛》 출판기념회 때
사회를 보는 필자

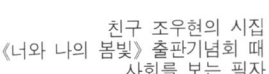

미국 연수를 마치고 수료장을 받는 모습
수여자는 미국정부 인사원장 직무대리
Loretta Carneleius 박사

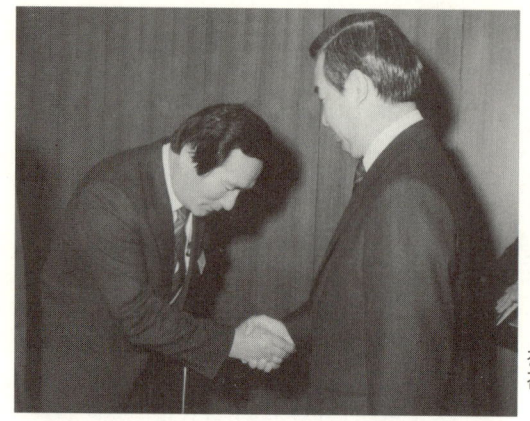

장세동 안기부장으로부터
감사장을 받을 때(1988년)

이어령 장관으로부터
보직 임명장을 받을 때(1989년)

일본 국제 회의에 참가한 후
문화재 견학을 할 때(1989년).
같이 있는 사람들은
싱가폴, 미얀마, 캄보디아 등
함께 참가한 대표들

이수정 장관으로부터 임명장을 받을 때(1991년도)

이민섭 장관으로부터 임명장을 받을 때(1992년)

이수정 장관이 영남지역을
시찰할 때 수행하던 중
대구 팔공산 파계사에서.
이 장관 옆의 분은 파계사 주지
(1992년 7월)

모스크바대학 정문에서   포스담 회담장소 입구에서

1992년 10월 공무해외여행 때

폴란드가 낳은 세계적 악성 쇼팽의 생가에서

1992년 일본에서 있었던
국제회의에서
회의를 마치고

1994년 11월 15일
국제문화학교에서
강의하는 필자

베니스 비엔날레
한국관 건축공사 관계로
이태리 출장 때
건축관계자들과 함께.
맨 우측은 문화관광부
성수현 국장(1994년)

캐나다 등 각국 대표자들이 참석한 가운데 인사말을 하고 있는 필자

↑

서울 예술단 중국 북경 공연 (1994년 8월)

↓

공연을 마치고 나트비아 공연단장(좌측)과 함께

1부
자연의 품 안에서

봄 소식 꽃 소식

봄 소식은 자연에서부터 온다.

바람이 차다. 아직도 코끝을 매섭게 스치는 바람엔 냉기가 감돈다. 그러나 나뭇가지에 붙어있는 잔설은 봄기운이 더 할수록 맥없이 녹아떨어진다.

개울가에서는 기왓장만큼이나 두껍던 얼음이 점점 얇아져 살얼음 갈라지는 소리가 들리고, 졸졸 흐르는 물소리가 이름 모를 새소리와 어우러져 우리의 귀를 즐겁게 해 준다. 그런가하면 논두렁에서는 하면 그런가하면 아지랑이가 조는 듯 아른거린다.

그러나 뭐니뭐니해도 봄의 전령을 말할 때는 화신花信을 빼놓을 수 없다.

　낡은 집 울타리 안에는 살구 복숭아꽃이 수줍은 처녀처럼
얼굴을 붉힌다. 오가는 사람마다 만나는 첫 인사가 꽃 소식
이요, 바람에 나부끼는 여인의 치마폭에는 봄 향기가 무르
녹았다. 봄은 꽃피는 시절이요, 향기의 계절이다.
　　　　　　　　　　　　　－ 정비석* 님의 〈장미의 계절〉 중에서

　밭두렁에는 달래와 냉이가 송곳송곳 고개를 내민다. 이른 봄
일찍이 봄을 맞이하는 산수유며 생강나무는 잎을 피울 틈도
없이 노란 봉오리를 내민다. 백설양춘白雪陽春이라, 흰 눈이 내
리는 이른 봄 우아한 모습을 잃지 않고 시인 묵객의 벗이 되
어온 매화도 빼놓을 수 없다.

　인간은 미적 감성을 느껴 예술적 감흥을 불러일으키는 연원
을 꽃에서부터 찾는다. 색상과 향기, 바람과 벌과 나비와 함께
하모니를 이루는 율동 등 모든 예술적 행위를 꽃을 통해서 느
끼며 수용한다. 그러나 간혹 꽃의 진정한 아름다움을 잘못 수
용하고 있는 인간군상 중에는 꽃의 참 의미를 이념이나 사상
에 비유함으로써 그 참뜻을 퇴색시킨다.

---

* 정비석鄭飛石(1911~1991) : 평북 의주 출생. 소설가. 주요저서 《자유부인自由夫人》 (1954),
　《성황당城隍堂》 (1927)외 수십 권이 있음.
　1932년 일본 니혼[日本]대학 문과 중퇴. 1935년 《동아일보》에 시 《여인의 상》《저 언
　덕길》 등을 발표, 1936년 소설로 전향. 단편 〈졸곡제卒哭祭〉로 동아일보 신춘문예에
　입선, 1927년 단편 〈성황당城隍堂〉 조선일보 신춘문예 당선되어 데뷔.

많은 문화재를 간직
하고 있는 보경사에서
내자와 함께
한가한 하루를……

　망연히 꽃밭을 바라보았다. 며칠동안 느끼지 못한 꽃들의
개성이 드러나 있었다.

　인간은 꽃에다 여러 가지 뜻을 붙인다. 정열, 불안, 비애,
고결, 죄악, 분노, 모호, 온순, 광약狂躍……, 그러나 꽃은 그
저 아름다울 뿐이다. 때가 오면 피고 때가 가면 말없이 지
고. 그런 꽃에다 인간은 제멋대로의 의미를 붙인다. 뿐더러
인간 자신을 빛깔로 갈라놓고 편과 편을 만들어 서로의 가
슴에 칼날을 겨룬다.

– 선우휘* 님의 대표작 〈불꽃〉 중에서

---

* 선우휘鮮于煇(1922~1986) : 평북 정주定州 출생. 언론인, 소설가. 주요저서 : 《현실과 지
식인》, 《불꽃》(1957), 《망향望鄕》, 《싸릿골 신화》.
1944년 경성사범학교 본과 졸업. 1946년 조선일보 사회부 기자, 1959년 대령으로 예
편. 한국일보 논설위원. 조선일보 논설위원 및 조선일보 편집국장 및 논설고문.

봄 소식은 언제나 가슴을 설레이게 한다. 그야말로 생명의 약동을 느끼게 하는 계절이다. 봄바람 실바람이 나의 피부에 스며들어 봄을 호흡해 준다.

동구밖 수양버들에도 봄이 왔도다. 가까이 보아서는 느낄 수 없건만 멀리서 바라보면 파아란 빛깔이 완연히 돈다. 어느 나무도 아직껏 깨어날 줄 모르고 장님같이 눈감고 있는데 수양버들만이 누구 먼저 이렇게 움터나는 것은, 그것이 가늘고 섬세하기에 기다리던 봄기운을 가장 예민하게 감촉할 수 있는 때문인지도 모른다.

                    - 시인 유치환* 님의 〈나는 고독하지 않는다〉 중에서

이 아름다운 산하, 봄의 전령은 발길 닿는 곳마다 인간의 감성을 자극함은 예나 지금이나 변함이 없음은 현대를 살다가신 유치환 님이나, 당나라 시인 맹호연孟浩然이나 다를 바 없다.

春眼不覺曉
處處聞啼鳥
夜來風雨聲
花落知多少

---

* 유치환柳致環(1908~1967): 호 청마. 경남 통영 출생. 시인·교육자. 주요저서 《청마시초青馬詩抄》(1939), 《생명의 서書》, 《깃발》, 《수首》, 《절도絶島》
유치진의 동생. 통영보통학교, 일본 도요야마 중학, 동래고보 졸업, 연희전문 문과 1년 중퇴. 1931년 《문예월간》지에 시 《정적靜寂》 발표 데뷔, 6·25전쟁 때는 종군문인, 부산에서 교통사고로 사망. 시조시인 이영도에게 보낸 사랑의 편지 중 200통을 추려 모은 서간집 《사랑했으므로 행복하였네라》(1967)가 있다.

깊은 봄 잠에 새벽이 된 것을 깨닫지 못하는데
곳곳에서 새의 울음소리가 들린다.
밤새 비바람 소리에 꽃이 많이
떨어졌음을 알았노라.

이 시는 당나라 맹호연의 유명한 유정시幽情詩로 전해지고 있
다. 우리 고장과 가까운 유서 깊은 보경사에도 조선조 숙종대
왕께서 보경사에 머물면서 쓰셨다고 추측하는 이 시가 각인되
어 오늘날까지 잘 보관되고 있으니 실로 다행한 일이다. 아마
봄의 서곡이 끝나고 꽃필 무렵이면 마음마저 설레는 춘수春愁
에 젖어 읊은 시詩일 게다.

민들레와 오랑캐꽃이 피고, 진달래 개나리가 피고, 복숭아
살구꽃 그리고 라일락 사향장미가 연달아 피는 봄 이러한
봄을 사십 번이나 누린다는 것은 적은 축복이 아니다. 더구
나 봄이 사십을 넘은 사람에게도 온다는 것은 참으로 다행
한 일이다. 녹슨 심장도 피가 용솟음치는 것을 느끼게 된다.

    — 피천득* 님의 〈봄〉 중에서

---

* 피천득皮千得(1910~) : 호 금아. 서울 출생. 시인·수필가·영문학자. 주요저서 《서정
소곡》(1930), 《서정시집》(1947).
중국 상하이(上海) 공보국 중학, 호강대학교 영문과를 졸업. 경성제국대학 예과, 서
울대학교 사범대학 교수, 미국 국무성 초청으로 하버드대학교에서 1년간 영문학을
연구, 서울대 대학원 학생과장 역임.
1930년 《신동아》에 《서정소곡抒情小曲》 처음 발표. 섬세하고 다감한 문체, 서정의 세
계를 수필화. 대표적 수필로 〈눈보라 치는 밤의 추억〉, 〈기다리는 편지〉, 〈수필〉

시인이며 수필가이며 영문학자인 피천득 님이 나이 겨우 40에 이처럼 봄의 환희를 표현하고 있다. 그렇다면 나도 70번 가까이 찬란한 봄을 누리고 있으니, 이 또한 큰 축복이 아닐 수 없다.

매화송梅花頌

창문을 열면 화단에 매화 몇 그루가 보인다.

이른 봄, 아직 눈보라가 분분한데도 홍매紅梅와 백매白梅, 옥매玉梅, 황매黃梅*들이 청아한 자태로 나를 맞아준다.

어스레한 달밤에 창문으로 새어나오는 그윽한 향기를 두고 암향부동월황혼暗香不動月黃昏이라 했던가. 구태여 시인이 아니더라도 매향梅香에 취해 문득 시상詩想에 젖는다.

아프게 겨울을 비집고
봄을 점화點火한 매화

---

* 황매黃梅 : 생강나무 꽃의 애칭으로서 산수유꽃과 더불어 이른 봄 가장 먼저 피며 방향芳香이 좋아 장식으로도 인기가 있음.

세월이 흘러도 변하지 않는 매화향기는 언제나 정겹다.
그림 : 香史 孫聖範(대한민국미술대전 국전 초대작가. 필자의 종제수)

동트는 아침 앞에
혼자서 피어 있네⋯⋯

　　　　　　　　- 시인 이호우* 님의 〈매화〉 중에서

　매화는 음력으로 섣달·정월 사이에 걸쳐 창밖에 눈발이 휘
날릴 무렵 빙자옥골氷姿玉骨, 앙상한 가지에 눈빛같은 꽃을 피우
며 그윽한 향기를 내뿜는다.

　매화는 고결하여 다른 나무들이 감히 그 흉내를 낼 수 없으

---

* 이호우李鎬雨(1912~1970) : 경북 청도淸道 출생. 시조시인. 주요저서 《개화開花》, 《휴화
산休火山》, 《바위 앞에서》
　《문장文章》지에 시조 〈달밤〉 추천 데뷔. 이영도와 함께 발간한 오누이 시조집 《비
가 오고 바람이 붑니다》 시조형식을 고수하면서 현대적인 정서를 담는 데 성공했다
는 평을 받음.

며, 모든 나무 중 으뜸이라 하여 모목母木이라 칭하기도 했다. 또 그 기개가 고절高節하다 하여 선비에 비견, 고현일사高賢逸士라 칭하며 인격을 부賦하였다. 빙자옥골氷姿玉骨, 꾸밈없고 단아한 모습을 본받고자 함에서였는지 많은 선비들로부터 청상淸賞을 받았다. 특히 퇴계 선생은 매화를 무척이나 사랑하여 평생 친구로서 결사結社하고, 시로서 그 마음을 그렸다. 그리하여 돌아가시기 5일 전 잦은 설사로 고통을 받는 가운데서도 "우리 매화 형에게 불경케 보여서 미안하다."며 매화 화분을 다른 곳으로 옮기도록 하였다고 한다. 더하여 돌아가시던 날, 주위의 부축을 받으면서도 "저 매화에게 물을 주어라."라는 말을 남기시고 세상을 떠나셨다고 하니, 매화를 하나의 인격체로 대접한 성인의 인품과 매화의 품격이 돋보인다.

선생이 돌아가시기 바로 전에 매화와 고별하며 쓰신 시를 감상하노라면 모든 생명은 유종有終한 것, 해가 저물면 강가에 노닐던 물새들이 자취를 감추듯, 그토록 사랑하던 매화도 떨어지고 인생도 그러하니 매사가 허무적멸虛無寂滅이로다.

　　與君賞梅會有諸
　　及到梅香我負約

　　그대와 약속키를 매화 구경간다더니
　　매화 피어 향기 풍길 제 그 약속을 저버렸네.

어느덧 대지에 봄기운이 스며들면 매화도 다 저버리고 여기 저기 군목群木들이 너나없이 봄기운에 도취되어 온 대지에 푸른색을 칠한다.

매화꽃 다 진 밤에 호젓이 달이 밝다.
구부러진 가지 하나 영창에 비치나니
아리따운 사람은 멀리 보내고
빈 방에 내 홀로 눈을 감아라.

― 조지훈* 님의 〈매화〉 중에서

매화를 사랑하는 사람에게는 매화가 없으면 무척이나 고독하고 적막함을 느끼게 해주는 명시名詩다.

다시 계절이 바뀌어 우리집 뜰에는 비록 매화가 지고 없어도 여러 화백들이 그린 홍매紅梅와 백매白梅가 만개滿開하여 사시절 고고절절孤孤節節한 자태로 만벽滿壁을 이루며 그윽한 향을 풍겨 주고 있으니, 매화야말로 나의 눈과 취각을 선경仙境으로 인도하고 있을 따름이다.

雪梅

群叢深宿暗知辰

---

* 조지훈趙芝薰(1920~1968) : 경북 영양 출생. 시인. 주요저서 《한국문화사서설》, 주요작품 〈승무〉(1939), 〈고풍의상古風衣裳〉
본명 동탁東卓. 혜화전문惠化專門을 졸업. 〈고풍의상古風衣裳〉, 〈승무僧舞〉, 〈봉황수鳳凰愁〉로 《문장文章》지의 추천을 받아 시단에 데뷔. 박두진朴斗鎮, 박목월朴木月과 함께 1946년 시집 《청록집靑鹿集》을 간행하여 '청록파'라 불림.
자유당 정권 말기 민권수호국민총연맹, 공명선거추진위원회 등에 적극 참여했다.

冷落冱天獨帶春

淡泊淸香藏玉骨

鮮明意思約仙人

無言這像眞佳態

不買寒情白精神

守操一生難變色

幽閑停立雪中新

온갖 풀이 잠들어 있는 사이

서리 떨어진 찬 하늘에 홀로 봄빛을 띄우네.

맑고 흰 향기는 옥골에 숨었고

신선한 밝은 뜻은 신선을 유혹한다.

말없이 믿음직한 형상은 참으로 아름답고

냉정히 본성을 지키는 것이 스스로의 정신이라

지조를 지키는 일생은 변함이 없고

한가로히 꿋꿋하게 살아오니 설중에 새롭도다

             - 필자의 백부伯父 호제공湖齊公의 〈유집遺集〉 중에서

진달래꽃 이야기

진달래는 일명 두견杜鵑, 참꽃, 산척촉山躑躅이라고도 하며 철쭉과에 속하는 꽃으로, 우리나라 전역에 걸쳐 고루 분포되어 있다. 이 꽃은 우리 민족의 정서와는 유달리 가까운 꽃이기에 많은 사람들로부터 사랑을 받으며 노래와 시의 소재가 되기도 한다.

먼 옛날 삼국시대 견우 노인이 가파른 바위틈에 있는 진달래를 꺾어와 수로부인에게 바치며 헌화가를 불렀다는 일화가 있다. 신윤복의 그림에도 나오는데, 기생인 듯한 한 여인이 긴 담뱃대를 물고서 타래머리에 진달래 한 가지를 꽂고 있는 것을 보노라면 선정적이라기보다 멋이 절로 우러나온다.

해마다 3월이 되면 붉게 핀 진달래꽃은 노랗게 핀 개나리와 함께 우리 강역江域을 더욱 짙게 화장한다.

산기슭에 조그마한 계집애들이 분홍치마를 입고 쪼그리고 앉은 것 같은 한 무더기 두 무더기 피기 시작한 진달래꽃이었다. 그 연연한 꽃입술은 보드랍게 봄을 토하는 것 같다.
- 소설가 심훈* 님의 〈영원의 미소〉 중에서

또한 진달래 하면 김소월*이 노래한 약산 진달래를 빼놓을 수 없다. 약산은 시인 김소월로 인해 더 유명하게 되었을 것이다. 아름다운 꽃이 있는 곳에 벌들이 모이듯이 아름다운 산하가 있으면 시인묵객이 찾아든다.

나는 약산의 진달래가 얼마나 아름다운지 그 진경을 눈으로라도 요기하고 싶었다. 하여, 미국에 영주권을 가지고 그 곳에서 오래 살고 있는 친구가 북한에 여행한다기에 그곳에 가거들랑 약산의 진달래 사진이라고 몇 장 가져오게나 하고 부탁하였다. 그랬더니 그는 나의 부탁을 큰 명령처럼 마음속에 간

---

* 심훈沈熏(1901~1936) : 서울 출생. 소설가 · 영화인. 주요저서 《상록수》 (1935)
본명 대섭大燮. 경성제일고보 재학시 3 · 1운동에 참가하여 4개월간 복역, 1923년부터 동아일보 · 조선일보 · 조선중앙일보에서 기자생활. 1926년 동아일보에 영화소설 《탈춤》을 연재. 《먼동이 틀 때》를 원작 · 각색 · 감독.
1935년 《상록수》 동아일보 현상소설 당선.
* 김소월金素月(1902~1934) : 평북 구성 출생. 시인. 주요작품 《진달래꽃》, 《예전엔 미처 몰랐어요》, 《금잔디》, 《산유화》
본명 정식廷湜. 오산학교 중학부, 배재고보 졸업, 도쿄상대에 입학, 관동대진재로 중퇴, 안서岸曙 김억金億의 지도와 영향 아래 시를 쓰기 시작.
동아일보사 지국을 경영하였으나 실패, 33세 되던 1934년 12월 24일 음독자살.

직하였다가 귀국하는 길에 건네주었다. 그래서 나는 그것을 나의 책상 서랍에 넣어두고 고향 앞산 성지聖指골의 진달래가 그리울 때면 한 차례씩 꺼내보며 그 아름다운 정경에 심취되어 닫힌 마음을 열곤 하였다.

진달래는 시대에 따라 그 느낌을 달리 한다.

"우리의 민풍民風 가운데 3월 3일이 되면 거의 연중행사로 행하였던 화전놀이는 과히 삼춘행락三春行樂 중에는 가장 운치있는 행사"라고 문일평文一平 님은 그의 저서 화하만필花下漫筆에서 소개한 바 있다. 그러나 요즈음 여러 곳에서 이루어지고 있는 민속축제 형식의 〈진달래 축제〉는 옛 모습을 거의 찾아볼 수 없으니 안타까운 일이다.

　　진달래는 먹는 꽃
　　먹을수록 배고픈 꽃
　　한 잎 두 잎 따먹는 진달래에 취하여
　　쑥바구니 옆에 낀 채 곧잘 잠들던
　　순이의 소식도 이제는 먼데
　　예외처럼 서울 갔다 돌아온 사나이는
　　조올리는 오월의 언덕 위에 누워
　　안타까운 진달래만 씹는다
　　진달래는 먹는 꽃
　　먹을수록 배고픈 꽃

- 조연현* 님의 〈진달래 꽃〉 중에서

　반세기 전의 작품으로 짐작되는 진달래가 얽힌 동심과 순정을 노래한 이 시는 백야白夜에 까닭 모르게 우짖는 두견새처럼 지난날 가난에 시달렸던 우리 민족의 정서를 잘 대변한다.

　그렇지 않아도 진달래는 우리에게 가슴 아픈 꽃이다. 산야에 아직 나물이며 푸성귀가 돋아나기 전, 여기저기에 붉게 피어 허기를 달래주던 꽃이기 때문이다.

　이 해에도 진달래가 한창인 삼월 삼짇날이 지나고 며칠 후면 사월에 접어든다.

　그렇게도 곱게 피던 진달래는 자취를 감추었으나 내년, 아니 세세연년 이른 춘삼월이 되면 분홍색도 아니오, 보라색도 아닌, 신이 만들어낸 색깔들을 저마다 자랑하며 나의 눈을 현혹하리라.

---

* 조연현趙演鉉(1920~1981) : 호 석재. 경남 함안 출생. 문학평론가. 주요저서 《한국현대
　문학사》, 《한국현대작가론》, 《문학과 생활》
　혜화전문학교 2년 중퇴, 《문예文藝》지의 주간.
　동국대학교 교수, 예술원 회원, 예술문화윤리위원회 위원장, 한국문인협회 이사장.

석류石榴

석류는 원래 서역에서 자라나는 식물로서 한漢나라의 장건이라는 사람이 안석국安石國에서 가져와서 심었기 때문에 그 이름을 석류라 하였다고 전해진다. 그런데 글자의 구성을 보면 밭에 있는 버드나무로 되어 있는 바, 이 나무가 왜 버드나무과에 속하는지는 잘 모르겠다.

석류가 만개할 때에는 너무나도 붉디붉어 요염스럽기까지 하다. 그래서 붉게 벌어진 탐스러운 자태를 흔히 홍보석에 비유하기도 한다.

뜨거운

여름 햇살
한 올 한 올 모아

고 작은
씨방 속
꼭꼭 채우고

빨갛게
빨갛게
볼이 익은 석류.

햇덩이처럼
빨간 두 볼
반짝이며

누가
누가 더 곱나
서로 견주어 보다가

"아니야
아니야
속이 고와야지"

다투어
톡톡
속을 터뜨리면

수정처럼
반짝이는
말간 석류씨

두
볼보다
더 곱게 익어

빨간 햇살 박힌
보석이 되었다
　　- 아동문학가 권극남(고령여자중학교 교장)의 대구일보 신춘문예 당선작

　위 시에서 보듯이 석류열매는 어린이에게는 동심을 심어주고, 노년에게는 동화같은 추억을 떠오르게 한다.

　옛 병풍 속의 석류의 그림이 기억 속에 소생되어 때를 주름잡고 눈앞에 떠올랐다. 어디서 흘러오는지도 모르게 그윽하게 코끝에 채이는 그리운 옛 향기……. 익은 송이는 방긋이 벌어져 붉은 알이 엿보이고 익으려는 송이는 막 열리려고 살에 금이 갔다. 그런 송이는 어린 기억과 같이 부끄러웠다.

　　　　　　　　　　- 이효석李孝石* 님의 〈석류〉 중에서

* 이효석李孝石(1907~1942) : 호 가산. 강원 평창 출생. 소설가. 주요저서 《메밀꽃 필 무렵》(1936)
　경성제1고등보통학교, 경성제국대학 법문학부 영문과 졸업, 《조선지광朝鮮之光》에 단

아득한 옛날부터 석류가 뭇 사람들로부터 사랑을 받고 있었던 것은 그 꽃의 자태라던가 잘 영근 뒤에 조용조용히 또는 소리내어 터지는 오묘함에 있는지도 모른다.

　　문득 석류꽃이 터진다.
　　꽃망울 속에 새로운 우주가 열리는 파동!
　　……
　　방안 하나 가득 석류꽃이 물들어온다.
　　내가 석류꽃 속으로 들어가 앉는다.
　　　　　　　　－ 조지훈 님의 〈화체개현花體開顯〉 중에서

　때문에 오늘날에는 그 가치가 더하여 미용에 특효가 있다고 하여 날이 갈수록 사랑을 받고 있다.

　며칠 전, 객지에 있는 나의 사제舍弟가 석류 묘목 20여 그루를 가지고 왔길래 정원 한구석 텃밭에 심어 놓았다. 앞으로 몇 년 후에는 세세연년 이맘때가 되면 이미 담자락을 장식하고 있는 석류와 함께 왁자히 터지는 조용한 함성을 들을 수 있을 것이다.

　　문을 열고
　　안을 드러내 보이기 전
　　석류는 제 스스로

　편 〈도시와 유령〉을 발표, 데뷔. 〈돈豚〉, 〈수탉〉 등 향토색이 짙은 작품 발표.
이태준李泰俊, 박태원朴泰遠 등과 더불어 대표적인 단편작가로 평가.

가슴을 울렁이며
지레 듣는다.
왁자히 터지는 함성을……!

- 박경용朴敬用* 님의 〈석류·1〉 중에서

---

* 박경용朴敬用(1940~) : 호 송라松羅. 경북 영일 출생. 아동문학가, 시조시인. 주요저서
동시집 《어른에게 어려운 시》, 《귤 한 개》, 《새끼 손가락》, 《샛강마을 숲동네》
서라벌예술대학 동국대학교 국문학과 졸업, 동아일보, 한국일보 시 〈청자수병〉과
〈풍경風磬〉 당선으로 등단.

봄비

음력 절기로는 오늘이 청명淸明이다.

아침 일찍 산소에 가서 흙을 돋우며 잡초를 뽑았다. 그러고
나서 옛 친구들도 만나보고, 자주 드나들던 책방에도 들려서
그간 새로 나온 책들도 몇 권 살 양으로 오랜만에 상경上京하
려 하니 봄비가 부슬부슬 내리기 시작한다. 할 수 없이 상경은
뒤로 미룬 채 종일 아무런 생각 없이 공상에 젖어 책장을 뒤
적이며 봄비를 완상玩賞한다.

비가 옵니다.
밤은 고요히 깃을 벌리고

비는 뜰 위에 속삭입니다.
몰래 지껄이는 병아리 같이
……
비가 옵니다.
다정한 손님 같이 비가 옵니다.
창을 열고 맞으려 하여도
보이지 않게 속삭이며
비가 옵니다.

- 주요한* 님의 〈빗소리〉 중에서

봄바람을 적시며 내리는 가랑비를 동풍세우東風細雨라 한다.

시인 노천명* 님은 "고운 여인의 걸음걸이처럼 조용조용히 내리는 밤비는 어딘지 가슴을 뜯는데가 있어 내가 싫다."고 하였음은 이 밤에 조용히 내리는 부슬비가 인간의 정서를 애잔하게 유인하기 때문이었을까?

세상 만물의 움직임에는 강약强弱이 교차되듯이 보슬비가 내리더니 다시금 제법 굵은 빗방울이 주룩주룩 내리기 시작한다.

---

* 주요한朱耀翰(1900~1979) : 호 송아頌兒. 평남 평양平壤 출생. 시인·정치가. 주요저서 《아름다운 새벽》(1924)
  도쿄〔東京〕 제1고등학교, 상하이〔上海〕로 망명, 후장〔江〕대학을 졸업. 동아일보사와 조선일보사 편집국장. 국회의원, 4·19혁명 후 장면 내각 때는 부흥부장관·상공부 장관을 역임.
* 노천명盧天命(1912~1957) : 황해도 장연長淵 출생. 시인. 주요저서 《산호림》(1938), 《별을 쳐다보며》(1953), 《창변窓邊》 등
  진명학교進明學校, 이화여전梨花女專 영문학과 졸업. 조선중앙일보, 조선일보, 매일신보 기자, 대표작 〈사슴〉으로 인하여 '사슴의 시인'으로 애칭되었다.

주룩주룩 내리는 빗소리는 남성다운 화음을 선사한다.

　　밤
　　봄비가 창에 스민다.
　　기다림에 지친 마음이 젖는다.
　　물기가 배인 육신의 무게를
　　가눌 길 없다.

- 이형기* 님의 〈봄비〉 중에서

　이 밤, 밤비가 내려 대지를 적시고 난 다음, 내일 아침에는 유난히 찬란한 햇빛이 산천초목을 일깨워 담 너머 몽우리 진 살구꽃이며 홍도화를 활짝 피게 하여 대지를 한층 살찌게 하리라.

---

* 이형기李烔基(1933~) : 경남 진주 출생. 시인·문학평론가. 주요저서《한국문학의 반성》시집《적막강산》
동국대학교 불교과 졸업. 대한일보 정치부장·문화부장, 국제신문 논설위원·편집국장, 한국문인협회 상임이사 동국대학교 국문학과 교수, 한국시인협회 회장.
1949년《문예》에 시〈비오는 날〉, 이듬해에〈코스모스〉, 〈강가에서〉 등이 추천되어 문단에 최연소 등단 기록.

단풍소고 丹風小考

올해는 예년에 비하여 철수가 빨라서인지 음력으로 시월 초 이튿날인데도 날씨가 조석으로 제법 겨울 흉내를 내고 있다.

몇 년 전 가까운 산자락에 자생하는 단풍 두어 자루를 옮겨다 놓은 것이 제자리에서 자라던 붉디붉은 자태보다는 미치지 못하지만 그래도 계절을 알리고 시상詩想을 불러일으키기에는 손색이 없다.

시인 윤동주*는,

여기저기에 단풍잎 같은 슬픈
가을이 뚝뚝 떨어진다.
단풍잎 떨어져 나온 자리마다
봄을 마련해 놓고 나뭇가지 위에
하늘이 펼쳐 있다.
가만히 하늘을 들여다보면
눈썹에 파란 물감이 든다

라고 가슴을 적시는 글을 남겼다.

확실히 단풍은 슬픔을 자아내게 한다. 어느 글을 읽어보아도 단풍을 노래한 구절에는 만산홍엽滿山紅葉, 추상秋想, 기러기와 함께 으레 등장하는 것을 볼 수 있다.

…… 핏빛 저 산을 보고 살으렷더니
석양에 불 붙는 나무잎같이 살으렷더니
단풍이 지오 단풍이 지오
바람에 불려서 떨어지오
흐르는 물 위에 떨어지오

- 피천득 님

비록 시인이 아니더라도 어느 누가 이 슬픈 계절 앞에 머리를 한 번 숙여보지 않은 이가 있겠는가?

연세대학교 용정중학. 1995년 도시샤대학에도 시비가 세워졌다.

산들바람

정인섭 작시 / 현제명 작곡

산들바람이 산들 분다.
달 밝은 가을밤에
달 밝은 가을밤에
산들바람 분다.
아 ─ 너도 가면 이 맘을 어이해

산들바람이 산들 분다.
달 밝은 가을밤에
달 밝은 가을밤에
산들바람 분다.
아 ─ 꽃이 지면 이 맘을 어이해

- 나의 애창 가곡 중에서

그 무성하던 정원에는 낙엽이 차곡차곡 쌓이고, 뒷산 갈대꽃은 자취를 감추었으니 세월의 덧없음을 새삼 느끼게 한다.

어느 시인은 이 슬픈 가을을 두고 "세상의 그림자가 조금씩 짧아진다는 것을 확인하는 것 만큼 두려운 일도 없는 것이다"라고 하였다.

淸霜醉楓葉
淡月隱蘆花

- 원나라 허유임許有壬

46

차디찬 서리에 단풍잎 취하고
담담한 달빛에 흰 갈대꽃 자취를 감추었네

  늦가을 산야의 정취를 맘껏 잘 그려낸 이 시를 읽노라면 예
나 지금이나 계절의 흐름은 피할 수 없는가보다.

문득 누군가 그리울 때
아니면 혼자서 하염없이 길 위를 걷고플 때
아무 것도 없이 그냥
그 자리에 있는 것만으로도 아름다운
단풍잎 같은 사람 하나 만나고 싶어질 때
가을에는 정말
스쳐가는 사람을 기다리고 싶어라.
가까이 있어도 아득하기만 한
먼 산 같은 사람에게 기대고 싶어라.
미워하던 것들도 그리워지는
가을엔 모든 것 다 사랑하고 싶어라.

                            - 시인 김재진* 님

  그러나 우리에게 환희보다 슬픈 단상을 안겨주는 이 가을을
하루 빨리 보내고, 날씨만큼이나 추운 인심에 걸음을 재촉하는
겨울이 닥칠지라도 가을을 이별하고 무언가 새로운 봄을 위하

---

* 김재진金在珍(1955~) : 시인. 대구에서 출생하여 1976년 영남일보 월간문학에 시가 당
선되었다.
  시집 〈누구나 혼자이지 않은 사람은 없다〉, 〈아직도 누군가를 기다리는 사람에게〉

여 겨울을 맞이하고 싶다. 비록 세월이 유성流星처럼 빠를지라
도…….

전원田園

청복淸福이 있으면 근교에 조그마한 전원을 얻어서 감자와
일년감을 심으며 또 양이나 한 마리 쳐서 그 젖을 짜서 먹
으며 살아볼 것인데 그러나 그것도 분의 과망過望일지도 모
른다.

- 문일평文一平* 님의 〈전원의 낙〉 중에서

대저 도시의 생활은 기계처럼 반복되는 삶의 연속이며, 이러
한 연속적인 삶을 되풀이하다 보면 생활 자체가 활력을 잃게
된다.

---

* 문일평文一平(1888~1939) : 호 호암. 평북 의주. 사학자·언론인. 주요저서 《조선사
화》,《호암전집》,《한국의 문화》
와세다대학 정치학부 중퇴,《조선일보》편집고문.

청은헌淸隱軒 전경.
'청은'이라는 나의 아호雅號는 고故 운봉雲峰 금인석琴仁錫 선생께서 지어주셨다.

누구나 나이가 들면 삭막하기 그지없는 도시를 탈출하여 자연과 더불어 살아가기를 바란다.

문일평 선생님이 이 글을 쓸 때만 하더라도 도농都農의 차이가 그렇게 확연히 구분되지 않은 농경사회였음에도 많은 도시인들은 전원을 동경했다. 이렇게 전원생활을 꿈으로 생각하였음은 그 당시 여러 고명高名한 작가들의 글에 잘 나타나 있다.

그로부터 거의 반세기가 지난 오늘날의 도시인들은 번잡한 생활에서 오는 초조와 긴장, 쌓이고 쌓인 스트레스를 해소하기 위하여 도시 근교에 크고 작은 주말농장이나 아니면 이른바 체험농장을 마련하여 자연의 맛을 보려고 정성을 쏟고 있는 추세이다.

내 주위의 친구 한 사람도 근래 유행처럼 등장한 이른바

〈주말농장〉을 도시 근교에 어렵사리 장만하여 평소 가까운 친구들을 초대한 일이 있었다.

농촌의 전원과는 달리 다소 규격화되고 상품화된 전원일지라도 깔끔하게 정돈된 전원을 둘러보고 모두가 찬사를 보냈다.

청은헌淸隱軒 앞 정원.

본래 자연과 친숙한 것이 인간일진대 농촌의 전원이든 도시의 전원이든 전원생활은 토향土香을 맡으며 인간과 자연이 하나가 되어가는 상생相生의 의미를 부여하기 때문에 더욱 좋다.

나는 마음이 울적할 때면 그저 아무런 생각없이 정원庭園을 배회하는 습관이 있다.

봄의 정원은 온 정원이 꽃천지인지라 봄의 정취에 마음껏 취하게 된다. 강렬한 햇빛이 내려 쪼이는 여름철의 정원을 거니노라면 한쪽에 일찍이 심어 놓은 패랭이꽃이며 산수유, 원추

리, 도라지, 상사화, 옥잠화 등이 탐스러운 자태를 뽐내고, 어
느 한 모퉁이에는 이름모를 야생화가 무질서하지만 그들 나름
대로 어우러져 함께 살아가는 질서에 놀란다.

有水有山處
無樂無辱身

이 글은 옛날 어느 선비가 모든 영화와 욕심을 멀리 한 채
벼슬을 버리고 전원으로 돌아가면서 읊은 시구詩句로서 정거무
심靜居無心, 그야말로 마음을 비운 상태에서 전원생활을 한 심리
를 글로 표현한 것으로 보인다.

정거무심靜居無心, 실천에 옮기기에는 속인으로서는 매우 난삽
한 일일지라도 번잡한 도시생활에서 잠시나마 일탈하여 무심
의 경지에 서보는 것도 좋지 않을까?

"때론 세상의 모든 일에 한 번쯤 무심無心하는 것도 몸에
좋을 것이다. 무심이란 세상과의 단절이 아니라 자신과의
단절을 말하는 것이다. 무심의 강은 자신을 괴로움에서 벗
어나게 하고 욕망과 사악을 버리는 것이기 때문이다."

라고 설봉스님이 갈파했듯이 주말농장을 방문한 친구들은 너
나 할 것 없이 이러한 유토피아 같은 전원을 머리 속에 그리
고 있었다. 귀로의 화두는 온통 자연과 전원에 관한 이야기뿐
이었으니 인간의 소망이 무엇인지를 확인해 주는 순간이었다.

미명未明과 여명黎明

미명과 여명은 하루의 시간대 중 한 순간을 의미한다. 미명은 날이 밝기 전 여명의 바로 앞 시간대요, 여명은 희미하게 밝아오는 새벽을 뜻하며 흔히 '희망의 빛이 점차 밝아오는 것'을 상징하기도 한다.

나는 언제부터인가 하루의 시간 중에 미명과 여명 사이를 가장 좋아한다. 내가 이 순간을 선호하게 된 데에는 이유가 있다.

기억조차 희미한 4~5세 즈음 이야기다. 어머님께서는 추수가 끝나고 거두어들인 햇곡식으로 백병白餠을 빚어 가족들의 건강과 한 해의 결실을 감사하기 위하여 기울어져 가는 하현下

弦의 달을 등에 업고 가지 무성한 소나무 사잇길을 지나 외딴 곳 호젓한 사찰에서 기도를 올리셨다. 그런데 그때 어머님을 따라 가던 추억의 시각이 바로 '미명과 여명' 사이였다. 또 일찍 기상하는 습관 탓으로 이 시간만 되면 일어나 산과 들을 오르내린다.

고요와 정적이 감도는 산 밑으로 돌아들면 아직 잠에서 깨지 않은 이름모를 새들이 인기척에 놀라서 날아오르는데, 그 날개 소리야말로 미명을 여는 생명의 소리다.

그런데 감탄스러운 것은 오솔길가에 둥지를 틀고 단잠을 자던 동박새의 예민성이었다. 이놈은 처음 며칠간은 본능적으로 주위를 살피며 재빨리 날아가곤 하였으나 내가 반복적으로 나타나자 똑같은 발걸음 소리와 체취를 감지한 듯, 그리고 해치지 않는다는 것을 안 듯 그냥 날이 샐 때까지 둥지를 지키고 있는 것이었다.

시인 오세영 님은 모든 생명체들이 미명을 여명으로 바꾸는 노력을 끊임없이 반복하고 있음을 시로 읊었다.

미명

소낙비가 난초잎을 두드린다.
심금을 울리며 사물의 문을 연다.
소낙비가 번개를 몰고
잠든 흙을 깨우고 있다.

54

한줌의 흙으로 돌아갈 육신을
비에 적시며
가냘픈 줄기로 미명未明을 열고 있다.

또 다시 여명, 희미하게 밝아오는 새벽을 맞이한다.

지극히 조용한 새벽
호흡이 술렁이기 이전의 공기는
어디에서나 상쾌하고 향기롭다.
생명이 깃든 흙을 밟을 수 있다.
자신을 잃을지 모를 위기 속에서
커피로라도 이성을 일깨우며
쾌적한 새벽에 생각을 모으자.
아침 해가 오르기 전.
두런대는 발소리가 들리기 전에.

　　　　　　　　　　　　　- 노순애 님의 〈새벽〉 중에서

　새벽은 박명薄明을 의미하며 생의 절규가 시작되는 하루의 열
림이다. 나무들 사이에 머물던 상쾌한 새벽공기를 마시며 산에
서 내려온다. 내일 또다시 시작될 미명과 여명 사이를 기다리
며……

외솔나무

소나무를 백목지장白木之長이요, 만수지왕萬樹之王이라 하니, 가히 나무 중에는 제왕帝王으로서 으뜸의 반열에 올려놓아도 손색이 없다.

나는 산행할 때마다 검푸른 옷을 입은 삼봉괴석三峰怪石 위에 외로이 서 있는 외솔나무와 마주치게 된다.

내가 만난 몇 그루의 송백松柏은 어떤 절경에도 비할 수 없이 나의 눈을 황홀하게 한다.

이곳 서정리에서 머지않은 안심골安心谷 막다른 가파른 길을 걷다보면 왼편 바위 위에 우뚝 선 외솔나무와 만나게 된다. 이 나무는 졸졸 흐르는 물소리와 수백 년간 대화하며 그 위용을

겸제謙齊 정선鄭敾이 그린 외솔나무. 정선은 1733년(영조9년)에 청하 현감으로 부임, 2년간 재직하면서 청하읍성도淸河邑城圖 등 불후의 명작을 남겼다.

뽐내고 있다. 황암골(속칭 활뱅이골) 절벽의 낙락장송, 그리고 향로봉이 코앞에 닿을 즈음 멀리 첩첩산중을 조망하며 외로이 홀로 서 있는 시명리 뒷산의 잣나무, 또 꽃피는 춘삼월의 내연산 12폭포로 가는 곳마다 자주 부딪치는 외로운 장송長松들은 붉디붉은 두견화에 둘러싸여 화암풍광花菴風光을 뽐내며 조금도 외롭게 보이질 않는다.

솔씨. 하나가 날아와서 운좋게 싹을 틔워서 근근이 뿌리를 내려 몇십 년, 아니 몇백 년을 버티어 온 외솔나무를 바라보노라면 인간의 경솔함과 나약함이 드러날까 봐 두려워진다.

낙엽이 쌓여 비옥해진 평평한 곳이나 산골짝 어느 곳에 자리를 잡지 아니하고 왜 이 척박하고 이웃도 없는 외로운 곳에 뿌리를 내렸을까? 아마도 인간은 본시 잔인하기에 어느 나무

꾼의 도끼나 낫으로 단숨에 처형당하는 수모를 피하기 위해서, 아니면 벌목꾼의 무자비한 채벌採伐을 피하기 위해서일까? 아무튼 아무도 모르는 비밀을 홀로 간직한 채 시인에게는 시상詩想을 떠오르게 하고, 화가들에게는 좋을 작품을 그리도록 그 대상이 되기도 하며, 의인義人에게는 절개를 가르쳐 준다. 그런가 하면 우리와 같은 범부들에게는 초속超俗의 시공을 제공함으로서 잠시나마 잡념으로부터 해방시켜 주고, 속진俗塵을 씻어준다.

　　소나무는 쓸쓸히 서 있다.
　　북극의 차가운 산 위에
　　소나무는 잠자고 있다.
　　하이얀 눈과 얼음에 덮여
　　소나무는 꿈꾼다, 사자수를.
　　먼 동방나라 그 사자수는
　　타는 듯 끓는 절벽에
　　말도 없이 쓸쓸히 슬퍼하고 있다.
　　　　　　　　　　- H. 하이네 〈쓸쓸한 소나무〉

2부
인생

반풍수의 변辨

'반풍수'라 함은 일반적으로 서투른 풍수를 두고 하는 말이다. 그런데 '반풍수, 집안 망친다.'라는 속담이 있는 바, 이는 서투른 재주를 함부로 부리다가 집안을 망치거나 이것도 아니고 저것도 아닌 어정쩡한 사람을 두고 하는 말이고 보니 본래의 뜻보다 후자가 오히려 우리 귀에 익은 듯하다.

반풍수의 개념이 이와 같이 모호하지만 나에게 시사하는 바, 그 '뉘앙스'는 항상 반성을 채근한다.

나는 성장과정에서 비교적 좋은 환경에 있었음에도 노둔魯鈍한 탓인지 어느 한 분야라도 내세울 것 없이 모두 서툴고 미숙未熟하니 '반풍수'라는 어휘가 더 어울릴지 모르겠다.

그러면 나라고 해서 내 생애 중에 자랑스러웠던 일은 없었는가? 그것은 학업이나 사회생활의 경우를 두고 한 말일 뿐이고 나에게 긍지를 갖게 해준 일이 있으니 다름 아닌 병역 의무를 성실하게 마친 일이다. 나는 가평 어느 부대에서 3년에 걸친 병영생활을 마치고 만기 전역했다. 당시 나와 같은 경우는 좀 드물었다. 왜냐하면 그때 학부 출신들은 대부분 초급장교로 복무하거나 재학 중에 입대하여 단기전역하는 것이 일반적인 추세였기 때문이다. 요즈음 우리와 같은 연령층에 있던 공무원이나 선출직 공무원들이 병역문제로 말미암아 겪는 고통이나 사회적 비판을 받는 사례를 보면 이해가 될 것이다.

그러나 병역문제를 제외하고는 매사가 엇박자로 일관하였으니 '반풍수'가 되었음은 내 스스로의 능력에 비견해 볼 때 당연한 결과로 귀결된다.

먼저 학업의 과정을 회고하면 인문계인 포항중학교를 거쳐 경주고등학교에 진학하게 되었다.

중학시절에는 희망봉을 넘나들며 꿈과 희망을 엮어가던 다정한 친구들과 작별하고 경주로 훌쩍 떠나게 되었다.

내가 경주로 가게 된 동기는 늘 나의 주위에서 가르침을 주셨던 당숙님 이만우李萬雨 선생님이 포항 중·고등학교에서 경주여고로 옮기셨고, 자형이신 이용고李用高 선생님께서 포항수산고등학교에서 경주공업고등학교로 옮겨 오셨기에 그 분들 가까이에서 지도를 받으며 학업을 이어 나가기 위해서였다.

누구를 막론하고 고등학교 시절은 한 인간의 사고력과 상상력이 움트며 날개를 펴는 시기다. 게다가 발길 닿는 곳마다 시와 예술이 깃들고 낭만이 숨쉬는 서라벌 옛땅 경주에서의 3년간은 좋은 친구들을 만나 아름다운 추억이 생산되었던 내 생애에 잊을 수 없는 소중한 시기였다. 당시 교장선생님은 우리 문단의 큰별이신 유치환 선생님이었고, 또 훌륭한 선생님이 많이 계셨다. 그 영향을 받았음인지 각계각층에 진출한 인재가 많았다. 특히 시인 등 문인과 예술가를 유달리 많이 배출한 학교에서 공부하는 동안 한 때에는 국문학이나 영문학 등 문과계통에 진학하여 장래 문인이 되겠다는 소박한 꿈도 가져봤으나 이와는 완전히 다른 농과계통에 입학하게 되었다.

내가 농대에 입학하게 된 데에는 몇 가지 이유가 있었다. 첫째는 가업家業에 따른 것이었다. 그리고 둘째는 농촌에서 성장하면서 느낀 것 때문이었다. 즉, 당시 농민을 위한 행정이라는 것이 부조리 투성이었고, 위정자의 잘못된 행정으로 인하여 농민들이 다른 계층보다 더 많은 희생을 강요받는 상황을 보았기 때문이었다. 그래서 장래 농민을 위한 훌륭한 행정가가 되는 것이 나의 꿈으로 굳어졌다. 당시 중앙부처는 잘 알 수 없었지만 시·도 단위에서는 시장·군수 이상의 고위직 공무원 60% 이상이 농림계통의 학교출신이었기에 그 꿈을 실현하기 위하여서는 농과계통이 가장 빠른 길이라 생각하였다.

이와같이 농림계 출신이 고위직을 차지하게 된 이유는 당시 연평균 국민소득이 80달러도 미치지 못한 상황 하에서 농축산업 등 1차 산업이 기간산업을 이루고 있었기 때문이었다. 그래서 관료들도 농림계통 출신이 태반을 이루고 있었으니 이는 당시로서는 자연스러운 현상이었다.

"뜻이 있으면 길이 있다."는 격언이 있다.

나는 1959년도 자유당 시절 대학졸업과 동시에 농림부에서 간부직 공무원 육성을 목적으로 시행한 정규직 공무원 채용시험인 농림행정기술요원에 합격함으로서 공무원으로 사회에 첫발을 딛게 되었다.

당시 정부에서는 기술입국技術立國이라 하여 자연계나 기술계통의 학생들을 장려하던 때인지라 큰 포부와 희망을 안고 기술직 공무원으로 투신하였던 것이다. 그러나 기술직은 행정직에 비하여 조직에의 기여도라든가 국가·사회의 공헌도 등이 조금도 뒤질 것이 없음에도 불구하고 승진과 보직 등 여러 면에서 불이익을 받았다. 이에 염증을 느낀 나머지 행정직 관료로 다시금 출발하여 다양한 업무를 수행하며 공직을 마쳤으나 그 결과 역시 만족스럽지 못하였다.

이와같이 행정직으로 변신함으로서 내가 몸담고 있었던 부처에서 행정관리, 방송관리, 문화재관리, 인사업무, 예술업무 등 여러 분야의 직책을 담당하였으며 한때에는 종교업무에 탐닉되어 기술직이나 학예직 등 특수직을 제외하고 단일 보직으로는 최장기록을 세우기도 했다. 그러나 지나고 보니 지금 종사하고 있는 농사일과 마찬가지로 이것 역시 반풍수에 지나지 않았음을 실감한다.

이러한 이야기가 자칫 이 글을 읽는 분들의 입장에 따라 마치 자랑으로 비쳐질까 조심스럽다. 그러나 한 사람의 인생여정 人生旅程 가운데 비추어진 편린片鱗과 독백獨白으로 이해하여 주신다면 그 이상은 바랄 것이 없겠다.

종점終點에 서서

근 40여 년간 객향客鄕을 전전하면서 공직생활을 마감한 곳이 우리나라 예술의 본산이요, 요람인 서초동 우면산 자락에 위치한 예술藝術의 전당殿堂이다.

아무리 감각이 무딘 인간일지라도 그 긴 여정의 공직을 마감하면서 느끼는 소회가 어찌 없을 수가 있겠는가?

그 길고 긴 터널을 되돌아보는 순간 감동과 환희와 보람, 후회와 실망 등 만감이 교차되었다. 또 공직에 종지부를 찍고 봇짐을 하나하나 꾸리려고 하니 '앞으로 내 남은 인생을 어떻게 보내는 것이 가장 값진 것일까?' '어떻게 하면 그 많은 사람들에게 진 빚을 조금이라도 갚을 수가 있을까?'하는 갖가지 상념도 함께 머리 속을 채웠다.

이런 저런 생각을 하는 동안 어느덧 간부직원과의 마지막 작별의 시간이 다가와 이런 요지의 인사말을 한 기억이 난다.

"일본의 가와바다 야쓰나리川端康成*가 노벨 문학상을 수상하고 나서 그의 출세작出世作을 연재한 바 있는 문예춘추文藝春秋지에 기고를 했다. 그런데 그 내용 중,

'저는 여기까지 오는 동안 많은 분들에게서 너무나 많은 은혜를 받고 또한 많은 빚을 지며 살아왔습니다. 그래서 이 생명 다 할 때까지 많은 분들에게 진 인생의 빚을 갚는데 여생을 바치겠습니다.'

라고 한 내용을 작별 인사에 인용했다. 물론 고아 출신의 그분이 여생을 바쳐 노력하겠다는 것은 물질적 보상이나 돈으로 신세를 갚겠다는 뜻이 아니라 보다 더 좋은 작품을 써서 독자들에게 보답하겠다는 뜻으로 해석되어진다. 저는 비록 그런 위인은 아니지만 여러분들을 비롯 동시대를 같이 살아온 많은 분들에게 진 빚을 갚아가며 살아갈 의향이니 우둔하게 살아온 저를 잊지 마시고 오래오래 기억해 주시기 바란다.

그리고 동해창영東海蒼瀛이 구비치는 맑고 푸른 영일만 한쪽,

---

* 가와바타 야스나리川端康成(1899~1972) : 일본 오사카[大阪] 출생. 소설가. 주요작품
  《설국雪國》(1935~1947)《센바즈루[千羽鶴]》(1951) 노벨문학상(1968)
  도쿄대학 졸업. 《문예시대》창간.
  1934년 최승희의 일본 데뷔 무용발표회를 보고 장편 《무회舞姬》에서 그녀의 예술을 다루었다.

제가 나서 자랐던 나의 고향 청하淸河라는 곳에 귀착하여 보람 있는 일을 찾아 소일하며 지낼 계획이다. 하니, 동해안으로 여행하는 기회가 있거든 꼭 한번 들려달라."

이렇게 끝을 맺고 정이 든 많은 사람들과 마지막 손을 잡은 후 그날따라 교통이 훤히 뚫린 잠수교를 쏜살같이 달려서 청파동 집에 도착, 보따리를 풀었다.

청파동 우리집은 내권内眷이 시골에 계시는 연로하신 아버님을 모시기 위해 수년 전부터 고향에 내려가 있기에 텅 비어 있었다. 그래서 방에는 적막과 고독이 가득하여 마음은 먼 창공만 바라볼 뿐이었다.

그야말로 외로이 사창紗窓에 기대고 있는 '독의사창獨倚紗窓'의 신세라 할까?

'나는 홀로 서 있다. 아무도 없는 창가에서'라고 독백獨白을 하면서……

"누구 한 사람 아는 이 없는 군중 속을 헤치고 갈 때만큼 심하게 고독을 느낄 때는 없다."라고 괴테*가 말한 것처럼 끈질기게 달라붙는 고독을 달랠 길 없어 가까이 있는 효창공원을

---

* 괴테Goethe, Johann Wolfgang von(1749~1832) : 독일 프랑크푸르트 암마인 출생. 시인·극작가·정치가·과학자. 주요저서 《빌헬름 마이스터의 편력시대》, 《파우스트》
독일 고전주의의 대표자, 바이마르 공국公國의 재상. 《젊은 베르테르의 슬픔》(1774) 《파우스트》는 23세 때부터 쓰기 시작하여 83세로 죽기 1년 전인 1831년에야 완성된 생애의 대작이며, 세계문학 최대걸작의 하나이다.

찾아 낙엽 쌓인 오솔길을 거닐며 마치 사춘기의 소녀처럼 사색에 잠겼다.

어느 시인은 "낙엽은 고독을 배달한다."고 하지 않았던가!

> 한 잎, 두 잎 대여섯 잎.
> 그러다 바람이 불면
> 잎이 아니 보이게 쏟아져
> 낙엽이 뺨에 부딪친다.
> 내 눈을 스치던 그 머리카락
> 기억은 헐벗은 나무같다.
> 바바리 깃을 세우고
> 낙엽 묻히는
> 11월 오후를 걷는다.
>
> - 피천득 님의 〈만추〉 중에서

어두움이 깔린 적막한 공원을 내려오노라니, 세월의 무상함, 보잘것없는 나의 존재, 뒤를 돌아볼 틈도 없이 바쁘게 살아온 지난날의 많은 이야기가 내가 걸어 온 발자국처럼 길게 늘어져 있었다.

낙향落鄕

우리말 사전을 보면 낙향이라 함은 '서울에서 시골로 거처를 옮기거나 이사함'이라고 하였으며 다른 말로는 하래下來라고도 한다고 풀이되어 있다.

그러나 옛 선현들의 낙향이라는 개념에는 이러한 단순한 개념이 아니라 벼슬을 그만두고 고향으로 내려가는 경우를 지칭하는 것이었으니, 그 정황을 상상해 보면 그야말로 선비다운 맛과 멋이 풍기고도 남음이 있다.

그러고 보니 나의 경우는 그런 맛과 멋이 풍기는 낙향은 아닌 듯싶다. 그러나 흔히 그러하듯이 오랫동안 서울 등 객향에서 전전하다가 세간을 꾸려서 고향으로 내려가니 이것 역시 낙향임에는 틀림없다.

　어려서 집을 나가 늙어서 돌아오니
　고향의 말과 소리는 변하지 않았으나 머리털은 희었구나.
　아이들이 마중나와 나를 맞으나 알아볼 수 없기에
　손님! 어디서 오셨습니까? 하고 묻는다.

　小少離家老大回
　鄕音無改髮衰
　兒童相見不相識
　笑問客從何處來

－당나라 시인唐詩人 하지장賀知章*

　이렇듯 옛사람들이 느꼈던 낙향은 낭만이 듬뿍 풍기고 있다.
　중국의 시성詩聖 도연명陶淵明*은 벼슬을 그만둔 채 세속과
타협을 거절하고 고향으로 돌아와 저 유명한 귀거래사歸去來辭
를 부賦하면서 전원생활을 즐겼다.

　정원을 날로 거닐어도 언제나 정취가 넘치고 문은 닫아
놓았지만 늘 닫긴 채 그대로다.

＊ 하지장賀知章(659~744) : 자 계진季眞·유마維摩, 중국 월주越州, 영홍永興 출생. 중국 당
　唐나라의 시인.
　695년 진사 등과. 시인 이백李白의 발견자로 알려져 있다.
＊ 도연명陶淵明(365~427) : 장시성 주장현의 남서 시상 출생. 동진東晉·송대宋代의 시인.
　주요작품 〈오류선생전〉, 〈도화원기〉, 〈귀거래사〉
　41세 때에 현령縣令을 사임. 이때의 퇴관성명서라고도 할 수 있는 것이 유명한 《귀거
　래사歸去來辭》 다.

지팡이로 늙은 몸을 붙들어 아무데서나 내 멋대로 쉬고 때로는 머리를 높이 들고 사방을 둘러본다.

구름은 무심히 산골짝 굴속을 돌아 나오고, 새는 날다가도 지쳐서 다시 산으로 돌아올 줄 아는구나.

일광은 엷은 어둠에 가리면서 서쪽으로 기울어드는데 외로운 소나무를 어루만지며 그 주위를 맴돈다.

園日涉以成趣
門雖設而常關
策扶老以流憩
時矯首而遐觀
雲無心以出岫
鳥倦飛而知還
景翳翳以將入
撫孤松而盤桓

돌아가야지. 모든 이와 교제하는 것도 쉬고 노는 것도 끊으리라. 세상과 나와는 서로 잊어버리자. 다시 수레에 올라 무엇을 구할 것이냐.

친척의 정다운 이야기를 즐겨 듣고 금서琴書를 즐기며 근심을 녹이리라.

농사꾼은 나에게 봄이 닥친 것을 알린다. 장차 서주에 일을 나가야하겠구나.

수레를 타고 또 배를 저어 저 구불구불한 깊은 골짜기를

찾아가고 또는 높고 낮은 오르막길로 언덕을 지나서 산수의
경치를 즐기리.

　나무들은 흐드러지게 생기가 돌아 꽃망울을 맺고 샘은 퐁
퐁 솟아 물이 넘쳐흐른다.

　만물은 때를 얻어 즐기는데 나의 생명은 갈수록 끝이 나
고 있음을 느끼게 되는구나.

　좋은 시절은 알아서 혼자서 가는데 지팡이를 세워 밭에
김매고 흙을 북돋운다.

　동쪽 언덕에 올라 노래를 부르고 청류淸流에 임臨하여 시
를 짓는다.

　얼마동안 자연의 조화를 따르다가 마침내 돌아가면 되는
것이니 천명天命을 즐기면 그만이었지 무엇을 의심하랴.

歸去來事

請息交以絶遊

世與我而相遺

復駕言兮焉求

悅親戚之情話

樂琴書以消憂

農人告余以春及

將有事于西疇

或命巾車, 或棹孤舟

旣窈窕以尋壑

亦崎嶇嶇而經丘

木欣欣以向榮
泉涓涓而始流
善萬物之得時
感吾生之行休

　위 시구 중 농인고여이춘급農人告余以春及 장유사우서주將有事于西
疇 두 행은 내가 어릴 적 아버님의 말씀에 따라 우리집 대문에
써 붙인 기억이 생생하다.

　문인 이문구* 님은 관촌수필冠村隨筆에서 고향인 충남 대천으
로 낙향하면서 그 소회를 다음과 같이 적고 있다.

　　안옷(黃布)을 활짝 펼친 돛단배라도 들어오는 날이면 뱃사
　공들의 뱃노래가 물새들의 그것보다 더욱 구성지게 울려퍼
　지던 바다였었다. 그러나 그 바다도 이젠 가고 없었다. 개펄
　대신 논두렁이들이 깔린 뭍이었고, 기름진 농경지대로 뒤바
　뀌어 있던 것이다. 상전벽해라고 듣던 말이 바로 그것이었
　다……. 영원히 되찾을 수 없이 된 옛터를 굽어보며 어린시
　절에 묻혔던 자신을 되찾고 나니 어느덧 하늘에는 구름이
　물러나고 온 마을 안팎과 들판이 온통 타는 놀에 젖어 있었
　다.

---

* 이문구李文求(1941∼2003) : 충남 보령 출생. 소설가. 주요작품 〈관촌수필〉, 〈우리동
　네〉, 〈내몸은 너무 오래 서 있거나 걸어왔다〉
　단편소설 〈다갈라 불망비〉와 〈백결〉이 김동리에 의해 《현대문학》에 추천되어 등단.
　〈관촌수필〉은 1950∼1970년대 산업화시기의 농촌을 묘사함으로써 잃어버린 고향에
　대한 그리움을 현재의 황폐한 삶에 대비시켜 강하게 환기시켰다.

고향이라는 것! 실로 괴로울 때 기대고 싶고, 기쁠 때 함께 나누고 싶은 어머니의 품과 같다.

> 고향은 노고지리 초록빛 꿈을 꾸는 하늘을 가졌다.
> 폴폴 날리는 아지랑이를 호흡하며 신냉이도 자라고
> 할미꽃 진달래 송이송이 자라고
> 태고적 어느 신화의 여인이 속삭였다는
> 사랑의 밀봉의 울안처럼 왱왱 풍성하다.
> 언덕을 지내고 시내를 건내고
> 봄은 노래 맞춰 고향으로 간다.
> 고향은 아직도 내 마음에 너그럽다.
>
> — 시인 김수영金洙暎* 님의 〈고향〉

더구나 타향살이에 지쳐 망향을 그리워하며 읊은 이백李白의 시는 오랫동안 객지를 전전하며 살아온 나의 가슴을 뭉클하게 만든다.

> 서리 내린 듯 달빛이 밝다.
> 자다가 일어나 앉는다.
> 고개를 드니 산에 달이 걸리고

---

* 김수영金洙暎(1921~1968) : 서울 출생. 시인. 주요저서 《달나라의 장난》, 《거대한 뿌리》, 《시여 침을 뱉어라》
선린상고, 도쿄상대. 김경린, 박인환 등과 함께 합동시집 《새로운 도시와 시민들의 합창》을 간행하여 모더니스트로서 주목을 끌었다. 교통사고로 사망.
4 · 19혁명 후 참여시를 씀. 민음사民音社에서 '김수영문학상'을 제정.

눈에 삼삼이는 고향
나는 그만 머리를 숙인다.

狀前看月光
疑是地上霜
擧頭望山月
低頭思故鄕

　무릇 도시에서 자란 사람들도 그들 나름대로 살던 곳을 고향
이라 부른다. 그러나 우리가 생각하는 고향은 시골의 자연을
연상케 한다.

　시골에서 자란 우리는 자연自然의 품 안에서 자연으로부터 삶
의 지혜를 터득하며 자연에 동화同和되어 자연과 더불어 살아
왔기에 삶 자체가 자연의 일부라 해도 과언이 아니다.

　그러나 우리는 농경사회에서 공업화로, 다시 정보화 사회로
이행하는 과정에서 이른바 사회적 변동社會的 變動으로 말미암아
고향을 잃고 낯익은 정다운 얼굴들을 멀리하며 떠돌아다니는
소외된 삶을 살아가고 있다.

　이런 환경 속에서의 낙향이란 나뿐만 아니라 우리들의 세대
가 다 그렇듯이 별다른 감회가 있을 수 없을 것이다.

　오늘날 마을마다 조상대대로 수백 년간 살아오면서 갈고 닦
아놓은 미풍양속美風良俗은 사라진 지 오래이고, 삭막하기 그지

없는 도시의 인심을 닮아가고 있으니, 이러한 문제들이 고향에 가서 살고픈 많은 사람들의 의지를 가로막고 있으니 실로 안타깝기 그지없다.

하지장賀知章과 도연명陶淵明이 읊은 정감 어린 하래가下來歌는 어디서 느껴볼거나?

인생人生

언젠가 중앙공무원교육원에서 실시하는 연수 프로그램에 참가하여 숭실대학교에 계시는 우리 시대의 대표적 철학자 안병욱* 교수님의 인생론에 대하여 강의를 들을 기회가 있었다.

안 교수님은 모두에 '인간이 지상에서 산다는 것, 사랑한다는 것, 그리고 죽는다는 것이 무슨 의미가 있으며 또 우리는 어떻게 살고 어떻게 사랑하고 어떻게 죽어야 하느냐?' 하는 인생의 근본문제를 조용히 명상케 하는 책이 곧 파스칼*의 《팡

---

* 안병욱安秉煜(1920~) : 평남 용강 출생. 철학자·교육자. 호 이당.
주요저서 《현대사상》, 《도산사상》
일본 와세다대학교 문학부 철학과 졸업, 인하대학교에서 명예문학박사학위.
《사상계》 주간, 숭실대학교 교수, 흥사단 이사장, 도산 아카데미 연구원 설립, 대표.

세》니 이 책을 일독하라고 권하셨다. 나는 연수를 마치고 곧장 서점에 들려 국내판으로 번역된 이 책자를 구해 탐독하면서 인생에 대하여 다시 생각하는 시간을 가졌다.

인생관人生觀이란 연령층에 따라, 또는 각기 주어진 환경에 따라 다르며, 또 달라진다.

유년시절의 인생관이 다르고 청년시절과 장년기, 노년기의 인생관이 각기 달라지기 마련이다.

임어당林語堂*은 그의 명저名著《생활의 발견》에서 인생을 유년시대, 성년시대, 노년시대로 등분한 것은 아름다운 배치라고 칭송하였다. 이 칭송은 인생을 나이와 이치理致에 맞추어 아름답게 살아간다는 뜻이 담겨있다.

"인생의 목적은 끊임없는 전진이다. 인생을 살다보면 풍파를 만난다. 풍파는 언제나 전진하는 자의 벗이다. 차라리 고난 속에 인생의 기쁨이 있다. 풍파 없는 항해, 얼마나 단조로운가!

---

* 파스칼Pascal, Blaise(1623~1662) : 프랑스의 수학자·물리학자·철학자·종교사상가. 주요저서《팡세》
  학교교육은 받지 않았음. 독학으로 유클리드기하학幾何學을 연구. 16세에《원뿔곡선시론試論》발표. 계산기 고안. 확률론을 창안하여《수삼각형론數三角形論》발표. 물리학에서 나오는 '파스칼의 원리'는《유체의 평형》속에 포함되어 있다.
  적분법積分法 창안. 39세로 사망 후 그의 근친과 포르 루아얄의 친우들이 그 초고를 정리·간행하였는데, 이것이《팡세Penses》의 초판본(1670)이다.
* 임어당린위탕林語堂(1895~1976) : 중국의 소설가·문명비평가. 주요저서《나의 국토 나의 국민》,《폭풍 속의 나뭇잎》
  상하이의 성 요한대학[聖約翰大學] 졸업, 1919년 하버드대학에 유학, 예나, 라이프치히 두 대학 수학.
  평론집《나의 국토 나의 국민》,《생활의 발견》등으로 중국문화를 소개.
  1970년 6월, 제37차 국제 펜클럽 대회 참석차 한국에 왔다.

고난이 심할수록 내 가슴은 뛴다."

이글은 F. W. 니체*가 일찍이 이상에 불타는 야심만만한 청년시절에 쓴 글이다.

무릇 필부匹夫에 지나지 않는다 할지라도 청장년기에는 꿈과 이상이 있고, 험한 파도가 닥쳐오면 무서운 추진력이 생겨나 헤쳐 나가려는 힘과 지혜가 용솟음친다. 그런 가운데 꿈과 이상을 실현하려고 도전과 전진을 계속하며, 때로는 다정하기도 하고 때로는 성취감에 도취되기도 한다.

그런 중에 선지자가 보기에는 정도에서 벗어나는 만용을 저지르기도 하고 기성세대를 무조건 멸시하기도 한다. 경험은 우리 생활에의 스승이며 특히 독일에서는 국민사고의 기저를 이루고 있는 경험철학이나 경험주의가 정치철학의 기저를 이룬다.

이문열* 님의 최근 베스트셀러였던 저서 《산들메를 고쳐매

---

* F. W. 니체Nietzsche, Friedrich Wilhelm(1844~1900) : 독일의 시인・철학자. 주요 저서 《반시대적 고찰》, 《차라투스트라는 이렇게 말하였다》
쇼펜하우어의 의지철학을 계승하는 '생의 철학'의 기수旗手이며, S.A.키르케고르와 함께 실존주의의 선구자.
정신착란 바이마르에서 사망.
'신은 죽었다'고 선언하고 니힐리즘에 의해 가치전환 시도.
* 이문열李文烈(1948~) : 서울 출생. 소설가. 대표작 《사람의 아들》, 《추락하는 것은 날개가 있다》, 《젊은 날의 초상》
1965년 안동고교 중퇴, 1968년 대입 검정고시에 합격, 서울대학 사범대 국어과 진학.
1977년 대구 매일신문 신춘문예에 단편소설 《나자레를 아십니까》가 가작으로 당선,
1979년 동아일보 신춘문예에 중편 《새하곡塞下曲》이 당선.
1994년부터 1997년까지 세종대학 국어국문학과 교수, 1999년 현재 부악문원 대표.

며》에서 "지난 시대의 정신적인 축적이 계승되고 당대의 지적인 경험이 보태져 다음 시대의 문화는 형성된다. 내 체험과 견문을 내가 산 시대의 좋은 한 지적 경험의 일부이며, 지난 시대의 그것들에 보태져 다음시대 문화의 바탕을 이룰 수도 있다."고 한다.

오늘의 젊은 사람은 자기들이 선배와 다른 인간이며, 선배보다 우월한 것으로 생각하기 쉽다. 그러나 그 결과는 곧 나이를 먹으면 알게 되듯이 청년다운 습성에 지나지 않는다.

Young men today are apt to think themselves different from their elders and somehow superior; but it is merely the way of youth, as they will discover when they get older.

위의 글은 20세기 최고의 청년 문화연구가인 T. G. 에이소스의 세대간의 갭Generation Gap에 대한 평을 한 구절이다.

기성세대의 사유를 부정하고 새로운 사고로 비상하는 것은 신세대들의 전향적인 자세로서 매우 바람직하나 자칫 사려가 깊지 못한 자기 오만에 빠지거나 사회에 대한 책임감 결여 등 중대한 과오를 범하지 않을까 우려된다.

무상! 유구한 대자연에 비기면 잠깐 났다가 사라지는 인생이라, 오직 무상이라는 두 글자에 그칠 뿐인 것 같았다. 먼저 죽었다고 얼마나 먼저 죽었으며, 살아남았다고 얼마나 더 오래 살 인생이런가. 그야말로 생야일편 부운기生也一片 浮雲起요, 사야일편 부운멸死也一片 浮雲滅이 인생의 본연의 모습이 아닐런가.

인생의 한 단면을 표현한 이 글은 우리 문학사에 큰 획劃을 그어 놓은 정비석 님의 작품 《애정무한》에서 따온 한 토막이다.

이 글을 읽노라면 아마도 작가의 연령이 원숙한 시기이고 보니 인생의 의미를 알고 인생을 직관하고 있는 것같이 느껴진다.

또 시인 박목월* 님은 "나이를 먹으면 젊었을 때의 초조와 번뇌를 해탈하고 마음이 가라앉는다."라고 하였다. 마음의 안정이라는 것은 무기력으로부터 오는 모든 사물에 대한 무관심을 말하는 것이라고 노년기 인생의 참 면모를 짚어내고 있다. 여기에서 '무관심'이란 후회 없이 살아온 값진 인생을 관조觀照하며 정관靜觀하는 마음을 의미하는 것이지 결코 인생을 부정하거니 니힐리즘Nihilism에 빠진 소의는 아닐 것이다.

---

* 박목월朴木月(1916~1978) : 경북 경주 출생. 시인. 주요저서 《문학의 기술》, 《실용문장대백과》
본명 영종泳鍾. 대구 계성 중학 졸업. 문예지 《문장文章》 시 추천. 한양대학교 교수. 대한민국 예술원 회원, 한국시인협회 회장, 시전문지 《심상心像》의 발행인. 한양대학교 문리과대학장.

세계적인 문호 톨스토이*도 그의 말년에 집필한 《인생론》에 다음과 같은 생각을 했다. 역시 인생은 노년기가 되면 완숙해지는가보다.

산다는 것은 선善을 향해 나가는 노력의 의미이다. 그러므로 인생이란 선과 행복에의 동경임에 불과한 것이다. 이 인간의 선을 행하여 나아가는 노력이 인간의 생활이다.

그런가 하면 안병욱 다음과 같이 갈파한다.

인생은 누구나 나그네다. 우리는 모두 왔다 가는 것이다. 지상의 60~70년의 생은 나그네 같은 생이다. 인생은 하나의 편력이다. 그러나 저마다 편력의 내용이 다르다.
어떤 이는 학자로서 사상의 세계를 편력하고, 어떤 이는 예술가로서 미의 세계를 편력한다. 우리는 저마다 인생의 순례자로서 편력의 생을 살아간다.
- 안병욱 교수님의 〈철학노트〉 중에서

그렇다. 잠시 머물다가 떠나는 나그네처럼 어느 날 문득 사라져버리는 인생, 이제 나의 인생도 사계절에 비견하면 초겨울을 지나 한겨울 초입初入에 머물고 있다.

---

* 톨스토이Tolstoi, Lev Nikolaevich(1828~1910) : 러시아의 소설가·사상가.
　주요저서 《전쟁과 평화Voina i mir》, 《안나 카레니나Anna Karenina》, 《부활 Voskresenie》
　도스토예프스키와 함께 19세기 러시아 문학을 대표하는 세계적 문호.

고륜지해苦輪之海, 고뇌가 수레바퀴처럼 굴러서 쉴 사이가 없는 인간세계의 모진 한파寒波에 시달리며 피곤하게 달리는 기차의 화통처럼 한겨울을 향하여 숨가쁘게 달리고 있다.

김동길* 교수님은 에세이 《뜻을 찾아서, 길을 찾아서》에서 "나이 60에 가까워서도 인생의 의미, 삶의 뜻은 무엇인가? 내게는 아직 그 답이 없다. 인생의 의미를 나는 모른다."라고 하였거늘, 나같은 범부가 인생이 무엇인지를 어떻게 감히 이야기할 수 있겠는가?

이제 나의 시야에는 황홀감을 안겨주던 아지랑이 감도는 봄날도 가고, 생기 왕성한 초목들이 무성한 잎을 앞다투어 자랑하던 여름도 가고, 시름에 쌓인 나그네의 발걸음도 더욱 바빠지는 가을도 가버렸으니, 창 너머 앙상한 나목裸木을 바라보며 지난날 부끄러웠던 일들만이 뇌리를 스쳐간다.

---

* 김동길金東吉(1928~) :평남 맹산 출생. 호 산남山南. 주요저서 《링컨의 일생》, 《대통령의 웃음》, 《길을 묻는 그대에게》 등 80여 권
연세대 영문학, 미국 에반스빌대 사학과 졸업, 미국 보스턴대 대학원 수료(철학박사), 연세대학교 교수, 부총장, 조선일보 논설고문, 태평양시대위원회 이사장(현), 국민당 대표 최고위원, 14대 국회위원.

죽음에 대하여

계미년 새해 벽두, 지난해의 달력을 정리하면서 내 나이 벌써 예순 아홉에 접어들었다는 사실을 새삼 깨달았다.

내 딴에는 아직 젊었을 때부터 즐겨하던 운동도 계속하고 가까이 있는 친구들과 술잔을 나누며 인생을 논하기도 한다. 또 분위기에 따라 취기가 오르면 옛 노래를 부르거나 시 한 수를 읊조려 보기도 한다. 이렇게 분망(?)하게 살고 있기에 아직 죽음에 대하여 생각해 본 일이 없었는데 이 기나긴 겨울밤 독서 삼매경에 빠져 동서양의 명사들이 쓴 이런 저런 명저名著들을 탐독하노라니 죽음에 대한 글과 마주칠 때가 있다.

시인 박목월 님은 연세가 겨우 오십에 벌써 수필 〈피안彼岸의 불빛〉에서 다음과 같은 글을 쓴 것을 보면서 나는 그동안 준비없는 인생을 살고 있었다는 사실을 고백하지 않을 수 없다.

가을 빗줄기에 비쳐오는
강 건너 불빛
어둠 속에 이마를 적시는 나무……

이른바 지천명知天命의 연령에 읊은 괴로운 회포를 노래한 작품이다. '궂은비가 질척거리는 인생의 늦가을, 나는 심령의 처마에 걸리는 빗줄기에 어려 오는 강 건너 피안의 불빛이 아닐 수 없다'라고 술회한 것은 명사답게 생에 대한 예지력豫知力을 보여주고 있는 대목이다.

죽음은 절대적이다. 예외가 없으며 중간도 없다. 모든 것은 무無로 돌아가며 나의 존재성이 스스로를 상실하는 절대적인 허무에의 길이다. 이보다도 더 근본적이며 운명적인 문제는 없다.
　　　　　　　　　　　　　- 김형석님의 〈죽음에 대하여〉 중에서

이 세상에 존재하는 생명 있는 모든 것은 어느 땐가 한 번은 사멸한다.

이러한 사멸의 징조는 노년기를 접어들면서 주위에서부터 '상실'이 연속적으로 일어난다.

근력의 상실, 기억력의 상실, 직업의 상실, 경제력의 상실,

수십 년간 같이 살아온 정다운 사람들과의 영원한 이별 등 나와 가까운 것들을 하나씩 잃게 된다.

만물의 영장이라는 인간도 죽음 앞에서는 예외일 수 없다. 누구를 막론하고 짧은 생애든 긴 생애든 이 풍진 한 세상을 살다가 내 눈에 비치던 아름다운 세계 ─ 나무며 꽃이며 정다운 사람들이며 내가 살아 아끼며 사랑하던 모든 것 ─ 를 남겨둔 채 영원히 이별하는 것이다. 죽음에는 이 모든 것들이 하나도 나와 동행해주지 않는다. 오직 나 혼자 고독의 순간을 맞아야 한다. 더군다나 내가 죽었다고 하여 이 세상은 아무런 변화도 없고, 모든 산천도 그대로 유구하며, 하루같이 흐르던 강물도 유유히 그대로 흘러갈 것이다.

> 나 죽어
> 이 세상에서 사라진다 해도
> 저 물 속에는 산山 그림자 여전히 혼자 뜰 것이다.
>
> ─ 이성선* 님의 〈나없는 세상〉 중에서

이성선 시인은 산과 나무와 달을 벗삼으며 이태백처럼 살다가 작고하기 전 마지막으로 남겨놓은 시 한편이다.

---

* 이성선李聖善(1941~2001) : 강원 고성 출생. 시인·환경운동가. 주요작품 《시인의 병풍屛風》, 《내 몸에 우주가 손을 얹었다》
고려대학교 농학과, 《문화비평》에 《시인의 병풍》 외 4편을 발표 등단.
속초·양양·고성에서 환경운동연합을 결성, 원주 토지문화관 관장을 역임.
총 12권의 시집. 설악산과의 친화적 합일을 모색하면서 '설악의 시인'으로 널리 알려졌다.

그뿐이겠는가. 내가 죽음을 맞이한 연후에는 이름 모를 산새들과 풀벌레소리만 들리는 역귀대 쑥대 등 잡초들이 볼품사납게 듬성듬성 자라나는 외롭고 적막한 곳에서 나홀로 누워있게 될 것이다.

　나는 여태껏 내 주위에 있던 정다운 사람들의 죽음을 보아오면서 인생의 무상함이라던가, 내세來世라던가, 환생還生이라던가, 죄罪에 대하여 문득문득 생각해 본적은 있으나 어느 순간이 지나면 늘상 잊어버리고 사는 것이 상례였다.

　실로 죽음이란 엄연한 사실 앞에 나와는 무관한 것처럼 지나온 것이 얼마나 큰 자만이며 오만이었던가!

　　겨자씨만한 육신을
　　6척으로 키운 이십 년을
　　겨자씨만한 소견을
　　우주의 크기로 불린 오십 년을
　　되돌아보면, 지팡이로
　　겨우 스스로 부지하는 칠십 년을
　　이 커짐의 크기에 눌리어 꺼져버린 풍선처럼
　　저 긴장이 빠진 공허를 무덤에 덮으면
　　종말은 원초原初로 돌아가는
　　겨자씨만한 육신을
　　　　　　－ 박남수* 님의 〈겨자씨만한 육신을〉 중에서

인간은 죽을 때 자기 존재를 의식한다고 한다. 심리학자의 말에 의하면 죽음은 불안, 초조, 공포, 추함을 연상시킨다고 한다.

15세기 프랑스의 대문호 몽테뉴Montaigne는 그의 수상록에서 "가족이 없는 곳에서 죽고 싶다"는 말로 가족들에게는 다만 미소짓고 있는 추억만 남기고 싶다는 심정을 토로했다. 마지막 가는 길에 평소 그의 고결한 인품이 추하게 보일까봐 누구도 범접 못하는 그 혼자만의 고독을 선택하고 싶어서 그랬을 것이다.

변영로卞榮魯* 선생님은 "인간의 생명은 죽음의 준비일 뿐이다. 그림자가 물체를 따르는 것같이 아름다운 죽음은 반드시 아름다운 생활의 뒤를 이어 오고, 의미 있는 죽음은 반드시 의미 있는 생활의 뒤를 따르는 것이다"라고 하였다.

그러면 후회하지 않는 의미 있는 죽음을 맞이하기 위해서는 어떤 준비가 필요할까? 거기에는 사랑, 자비, 보시布施, 긍휼矜

---

* 박남수朴南秀(1918~1994) : 평양 출생. 시인. 주요저서 《초롱불》, 《갈매기 소묘》, 《사슴의 관冠》
  숭실상고 일본 주오대학 졸업. 《문장文章》지에 정지용鄭芝溶으로부터 〈심야深夜〉, 〈마을〉, 〈주막〉, 〈초롱불〉, 〈밤길〉 등의 시를 추천. 《사상계》지 편집위원, 한국시인협회 심의위원장.
  뉴저지주에서 별세.
* 변영로卞榮魯(1897~1961) : 호 수주樹州. 경기 부천. 시인. 주요저서 《명정酩酊 40년》, 《수주 변영로 문선집》
  1914년 영시英詩 〈코스모스〉 발표. 중앙고보 영어교사, 1919년 3·1운동 때 독립선언서 영역 해외 방송. 1920년 《폐허》 동인으로 문단 데뷔, 《신가정新家庭》 편집장.

恤 등을 실천함이요, 이는 인간의 본성인 성선설性善說에 기인한 '착함'을 평소 생활화하는 가운데 이루어지리라 믿어진다. 짧게 표현하면 이것이 바로 선인선과善因善果라 할 수 있다.

그러나 쉽지 않은 일이다. 이를 실천에 옮기기 위해서는 올바른 생활과 인격도야, 철학과 종교가 내면으로부터 양성釀成된 자기수양이 따르지 않고는 불가능한 일이다.

내가 성장하여 여기까지 오는 동안 위대한 삶을 살다 간 많은 철학자, 종교인, 예술가들이 생시에 이루어 놓은 선행善行과 업적을 기억한다.

범인으로서는 매우 어려운 일이다.

죽음에 대한 생각을 하다보니 시인 조병화* 님은 중년기에 프랑스의 대문호 장·콕또*의 기념관을 방문하여 자신의 감회를 다음과 같이 썼다.

그는 이렇게 감각의 덩어리로 살다가 목숨 떨어져 그리운 바다를 두고 떠났지만, 그 바닷가 물결치는 암석 기슭에 박물관이 지어져 그는 그 속에서 영원히 그 바다 소릴 듣고

---

* 조병화趙炳華(1921~2003) : 경기 안성 출생. 주요작품 〈버리고 싶은 유산遺産〉, 〈어머니〉, 〈꿈〉
경성사범학교 졸업, 일본 동경고등사범학교 물리화학과 수료, 경희대학교 문리대학장, 교육대학원장, 인하대학교 문과대학장, 대학원장, 문인협회 이사장.
* 장·콕또Cocteau. Jean(1889~1963) : 프랑스의 시인·소설가·극작가. 주요저서 《희망봉》, 《포에지》
작곡자인 스트라빈스키, 화가인 피카소, 시인인 G.아폴리네르 등 전위적인 예술가들과 교유.

있다. 삶의 생명은 사라졌지만 껍질은 남아서 귀를 세우고
있다.

　......

　인간은 언젠가 떠나기 마련이지만 막상 떠난다는 건 쓸쓸
한 일이고, 적적한 일이고, 슬픈 일이다.

　더구나 남은 사람들에겐.

　그렇기 때문에 먼저 떠날 사람이나, 나중 떠날 사람이나
보다 쓸쓸히, 보다 적적히, 보다 슬프게, 그 생명을 살아보
고, 그렇게 작별될 걸 평소 연습해 두어야 한다.

　또한 가볍게 떠날 수 있는 철학과 종교를 마련해두어야
한다.

　내 인생은 그것의 모색이었으며, 그 모색의 연속이었다.

- 소라의 〈귀〉 중에서

오늘따라 유난히도 많이 지저귀는 새소리에 문득 잠이 깨어
나 조간신문을 펼쳐보니 조병화 시인이 작고하셨다는 기사가
눈에 띈다.

　콘크리트 같은 적막 속을
　고독이 전율처럼 지나갑니다.
　무료한 시간이 무섭게 흘러갑니다.
　시간의 적막 속에서
　속수무책, 온몸이 무너져 내리고 있습니다.
　아! 이 공포

콘크리트 같은 적막 속을

고독이 전율처럼 머물고 있습니다.

작고한 조병화 시인은 최근 출간한《편운재에서 보낸 편지》
마지막 서신에서 죽음을 예감한 듯 회한과 고독을 한편의 시
를 통해 적절하게 드러냈다.

평소에 나는 조병화 시인의 시낭송회나 강연이 있다면 만사
를 제하고 어디든지 찾아가서 그 분의 명강의를 들었었으니
마음이 한층 음울해진다.

시인이든 범부이든 비록 표현이 다를 뿐 느낌은 같을진대 이
모두가 하나의 과정일 따름이며 우리 모두가 이 과정을 지나
고 있을 뿐이다.

죽음이 인생의 한 과정이라고 한 장자*의 술회가 감명깊다.

장자의 아내가 죽자 혜자가 문상을 갔다. 장자는 마침 두
다리를 뻗고 앉아 질그릇을 두들기며 노래를 부르고 있었
다. 혜자가,

"아내와 함께 살고 자식을 키워 함께 늙은 처지에 이제
그 아내가 죽었는데 곡조차 하지 않는다면 그것도 부정하다
하겠는데, 하물며 질그릇을 두들기고 노래를 하다니 그거
심하지 않소?"

---

* 장자莊子(BC 369~BC 289?) : 중국 고대의 사상가, 도가道家의 대표자.
정확한 생몰연대 미상. 맹자孟子와 거의 비슷한 시대에 활약한 것으로 전한다.
《장자》는 원래 52편篇. 현존하는 것은 진대晉代의 곽상郭象이 정리한 것임.

하고 말했다.

그러자 장자가 대답하기를,

"아니, 그렇지 않소. 아내가 죽은 당초에는 나라고 어찌 슬퍼하는 마음이 없었겠소. 그러나 태어나기 이전의 근원을 살펴보면 본래 삶이란 없었던 거요. 뿐만 아니라 본시 기氣도 없었소. 그저 흐릿하고 어두운 속에 섞여 있다가 변해서 기氣가 생기고, 기가 변해서 형체가 생기며, 형체가 변해서 삶을 갖추게 된 거요. 이제 다시 변해서 죽어갔소. 이는 춘하추동이 되풀이하여 운행함과 같소. 아내는 지금 천지라는 커다란 방에 편안히 누워 있소. 그런데 내가 소리를 질러 따라 울고불고 한다면 하늘의 운명을 모르는 거라 생각되어 곡哭을 그친 것이오."

장자가 피력한 생사관은 불교에서의 윤회輪廻사상과 유교에서의 기氣를 연결시킨 것이 사뭇 다르다 할지라도 근본문제는 대동소이하다. 위에서 살펴본 명사들의 생사관을 읽어보면 죽음에 대한 의미가 어렴풋이나마 잡힐 듯 하다.

그러나 오늘날 과학이 날로 발전하고는 있지만 영靈의 세계의 초월적 존재론이니 하는 난제가 종교와 철학 사이를 오가며 인간의 주위를 맴돌고 있지 않나 생각된다.

인연因緣

인연은 연기緣起의 다른 표현이다. 우주의 모든 존재는 서로 의존하며 관련을 맺고 있으며 일체의 존재는 인因과 연緣에서 상호의존 관계로부터 출발하고 또 종식된다는 연기설은 불교 이론의 바탕이 되고 있다.

오늘 나의 존재는 과거에 지은 인연으로 인한 것이요, 미래의 모습은 오늘 내가 택하는 인과因果에 달려 있다고 한다.

다시 말해서 인연생기因緣生起는 모든 사물이 필연必然과 우연偶然에 의하여 생멸되고 또 반복된다고 한다.

그런 연고로 인간은 태어나서 자라면서 필연이든 우연이든 선연善緣을 맺으려고 꾸준히 노력하는 것이 욕망인 것이다. 도

대체 운運이라는 것이 무엇인가? 우연히 좋은 인연으로 호사스러운 일이 일어나 인생의 좌표가 달라지는가 하면, 악연을 맞아 평생 그 그늘에서 벗어나지 못하고 불행한 삶을 마치는 경우도 볼 수 있다.

그러나 연기를 옳게 받아들이는 사람은 나쁜 인연을 만나서도 이를 자기의 운명으로 받아들여 온갖 지혜와 정성을 다하여 이를 극복함으로서 궁극적으로는 좋은 인연으로 변화시켜 행복한 삶을 영위하는 경우를 우리 주위에서 흔히 볼 수 있다.

우선 나의 경우 수십 년을 객지로 전전하는 동안 나쁜 인연도 많이 만나 인간적인 배신과 모독으로 인해 절망과 좌절의 순간을 맞을 때도 있었다. 그러나 그보다도 좋은 인연들이 오늘의 나를 있게 해준 것으로 생각되어 감사하는 마음이 더 크다. 그리고 비록 악연이었을지라도 지나고 보니 모두가 소중하고 귀한 것으로 받아들여진다.

민족시인 윤동주 님은 그 절망적인 상황에서도 그의 명시 〈별을 헤는 밤〉에서 "모든 생명있는 것을 사랑해야지."라고 절규했다. 이 구절은 한때 악연을 멀리하며 미워해온 나의 과거를 무섭게 꾸짖는다.

그렇다. 우리의 생명체가 존재하는 동안 모든 인연을 오늘로써 그치는 것이 아니라 생명체가 멸한 후일지라도 불교에서는 환생Reincarnation이니 하고 기독교에서는 성육화Incarnation니

하며, 내세를 믿고 있음으로 나쁜 인연도 좋은 인연으로 변화시키는 악인선과惡因善果의 지혜가 절실하다. 또한 환생과 성육화의 어원과 귀결점을 비교컨대 불교와 기독교는 목적하는 바갈 곳이 비슷함을 알게 된다.

나는 이 글을 쓰는 순간 몇해가 지났지만 나뭇잎이 붉게 물들기 시작하던 10월 선고先考께서 돌아가신 후 문상하러 오시거나 위장慰狀을 보내주신 분들에게 드린 인사 말씀 중에 '인연'이라는 말을 쓴 기억이 난다.

　- 중략 -

이제 저희도 양위분兩位分을 모두 여의고 나니 이승에서 맺어진 모든 분들과의 인연因緣이 그토록 소중所重함을 새삼 느꼈습니다…….

3부
나의 생활 주변에 있었던
사소한 이야기 한토막

손님과 성직자와 달걀

　손님은 '손'의 존댓말이다. 경우에 따라 '손'자에 '님'자를 붙이기도 하고 붙이지 않는 경우도 있다. 그러나 일반적으로 손님을 호칭할 때에는 '손'이라 하지 않고 반드시 '님'을 붙여 부른다.

　'님'은 본시 귀하고 존경스러운 사람, 또는 의인화擬人化한 양상 밑에 붙이는 경어다. 순수한 우리말 중에서 손님과 같이 '님'자를 붙이는 어휘로는 '스님'이라는 용어가 있다. 스님이라고 함은 '중'의 높임을 의미한다.

　순수한 우리말인 두 어휘에 '님'자를 언제부터 누가 그렇게 붙여서 호칭하게 되었는지는 모르나 '님'자를 붙인 연유나 어감은 큰 차이가 있다.

 '손'은 '손님'이라고 불러도 자연스러울 뿐만 아니라 어감이 별로 무리가 가지 않으나 '스님'의 경우는 '님'자를 붙여서 부르도록 강요하는 기분이 든다. 왜냐하면 '스님'을 '중'이라 호칭할 경우 신분을 낮추거나 멸시하여 부르는 것으로 인식되기 때문이다. 그것은 '중'과 관계되는 부정적인 의미가 "중이 고기 맛을 알면 절에 빈대가 안 남는다."거나 "중이 미우면 가사袈裟도 밉다."는 등, 우리 속담에서 많이 찾아볼 수 있는 것만 봐서도 알 수 있다.

 원래 '중'이라는 뜻은 삼보의 하나로서 불타의 교법에 귀의하여 성불의 경지에 도달하고자 힘쓰며 모든 중생과 화합하여 불도를 수행, 그 교리를 베푸는 사람을 가리킨다. 그러나 그 용어가 주는 부정적 이미지로 말미암아 '중'이라 하지 않고 '스님'이라 부른다. 본시 '스님'이라는 호칭은 중이 그의 스승을 일컬을 때 쓰는 존댓말인데도 누구나 '님'자를 붙여서 부르는 것은 잘못 전해진 것이 아닌가 추측된다.

 흔히 성직자인 '스님'을 호칭할 때 '중'이라 하면 비하하는 것 같고, '님'자를 빼고 그냥 '승'이나 '스'라고 할 경우에는 말이 되질 않으니 승려僧侶라고 부르는 것이 마땅하나 일반적으로 그렇게 부르지 않는다.

 각설하고 나는 스님과 같이 '님'자를 꼭 붙이고 있는 '손님'이라는 어휘에 대하여는 무한한 매력을 느낀다.

'손님'하면 우선 인자하고 점잖아 보이는 선입감이라든가 친숙하지 않으면서도 친숙하게 느껴지는, 때로는 무엇인가 미지의 세계에 대한 메시지를 던져주고 가는 사람으로 인식되기도 하는 것이 내가 느끼는 인상이다.

내가 친숙하게 느껴지는 두 가지 유형의 손님은 달걀에 얽힌 이야기로서 하나는 문학작품을 통해서이고, 또 하나는 성직자와 얽힌 이야기다.

첫째는 주요섭* 님의 명작 〈사랑방 손님과 어머니〉에서의 손님과 달걀에 대한 이야기다.

여섯살 난 옥희는 스물 네 살의 젊은 과부 어머니와 삼촌 등 세 식구가 같이 살고 있는 동안 깜찍하리만큼 예쁜 대화로 어머니와 사랑방에 하숙하는 손님교사 사이를 오가며 재치있게 메신저 역할을 잘 해낸다.

어머니와 사랑방 손님간의 묘한 심리를 묘사하며 흥미를 자아낸 매개물은 예쁜 꽃과 풍금, 그리고 예배당 등이다.

---

* 주요섭朱耀燮(1902~1972) :평남 평양 출생. 소설가·영문학자.
　주요저서 《사랑방 손님과 어머니》
　숭실중학 도일, 도쿄(東京), 상하이(上海) 후장(江)대학 졸업, 스탠퍼드대학원에서 교육학 석사과정 이수. 신동아新東亞 주간, 코리아타임스 주필, 경희대학 교수, 국제펜클럽 한국본부 위원장.
　단편 〈깨어진 항아리〉로 문단 데뷔.
　초기에는 휴머니즘을 바탕으로 한 리얼리즘, 중기에는 인간의 내면세계를 추구한 예술적 향취를 풍기는 자연주의적 경향, 말기에는 사회고발적인 현실의식.

이 소설을 쓸 즈음인 1935년대의 시대상을 살펴 볼 때 그 당시 식탁에는 달걀이 최고의 반찬이요, 손님에 대한 최상의 대접이었다.

옥희는 자기도 달걀이 먹고 싶었지만 사랑방 손님이 달걀을 좋아한다는 말을 어머니에게 넌지시 전함으로서 사랑방 손님과 어머니와의 교감이 이루어지게 한다. 그러한 행동은 이 소설을 마치 동화童話같게도 하고, 웃음이 절로 나게 하는가 하면, 눈시울이 뜨거워지게 하여 애틋한 심사를 갖게 한다.

어느 날은 점심을 먹고 이내 살그머니 사랑에 나가 보니까 아저씨는 그때에야 점심을 잡수셔요. 그래 가만히 앉아서 점심 잡숫는 걸 구경하고 있노라니까 아저씨가,

"옥희는 어떤 반찬을 제일 좋아하누?"

하고 묻겠지요. 그래 삶은 달걀을 좋아한다고 했더니 마침 상에 놓인 삶은 달걀을 한 알 집어 주면서 나더러 먹으라고 합니다. 나는 그 달걀을 벗겨 먹으면서,

"아저씨는 무슨 반찬이 제일 맛나우?"

하고 물으니까 그는 한참이나 빙그레 웃고 있더니,

"나두 삶은 달걀"

하겠지요. 나는 좋아서 손뼉을 짤깍짤깍 치고,

"아, 나와 같네. 그럼 가서 어머니한테 알려야지"

하면서 일어서니까 아저씨가 꼭 붙들면서,

"그러지 말어."

....

"엄마, 엄마, 사랑 아저씨두 나처럼 삶은 달걀을 제일 좋아한대"

하고 소리를 질렀지요. 그러자 어머니는,

"떠들지 말어."

하고 눈을 흘기십니다.

그러나 사랑 아저씨가 달걀을 좋아하는 것이 내게는 썩 좋게 되었어요. 그것은 그 다음부터는 어머니가 달걀을 많이씩 사게 되었으니까요. 달걀장수 노파가 오면 한꺼번에 열 알도 사고 스무 알도 사고, 그래선 두고두고 삶아서 아저씨 상에도 놓고 또 으레 나도 한 알씩 주고 그래요. 그뿐만 아니라 아저씨한테 놀러나가면 가끔 아저씨가 책상 서랍 속에서 달걀을 한두 알 꺼내서 먹으라고 주지요. 그래 그다음부터는 아주 실컷 달걀을 많이 먹었어요.

나는 아저씨가 매우 좋았어요.

둘째는 '성직자와 달걀' 이야기.

중과 달걀이 얽힌 이야기가 있으나 그보다 더 감명 깊었던 내용 한 토막…….

1980년도 어느 날, 수원에 출장을 갔다. 거기에 간 이유는 내가 담당하고 있는 업무와 관련한 정책에 대해 높은 식견을 듣기 위하여 천주교 수원교구의 김남수 주교님을 찾아뵙기 위해서였다.

주교님은 우선 외모부터 성직자의 위풍과 면모를 느끼게 하는, 가톨릭계에서 존경을 받고 있는 분이기도 했다.

물론 사전에 연락을 한 관계로 주교관에서 반갑게 맞아주신 인자하신 풍모는 지금도 잊혀지지 않는다.

주교님은 당시 경기도 지역 천진암 등 곳곳에서 추진되고 있는 성역화 사업으로 바쁘셨다. 그런 중에도 훌륭한 말씀과 내게 필요한 자료를 정성스럽게 준비해 주셨다. 그때 해주신 말씀 중에 달걀에 얽힌 이야기가 있었는데 너무 감명이 깊어 여기에 옮긴다.

면담을 마치고 시간이 다소 남아있기에 나는 당돌스럽게도 주교님이 성직의 길을 택하게 된 동기에 대하여 여쭈어 보았더니 다음과 같은 말씀을 해주셨다.

주교님께서는 가톨릭 집안에 태어나서 어릴적부터 어머님의 손을 잡고 고향 근교인 함경도 덕원교구 소속 천주교회에 다니셨다고 한다.

어머님이 혼자의 힘으로 생계를 꾸려가며 힘들게 일을 하고 있을 때 이따금 집에 손님이 찾아오곤 하였는데, 그 손님은 바로 신부님이였더란다. 신부님은 신도 몇 사람을 대동하여 미사를 집전하셨는데 어머님은 신부님이 미사 후 휴식을 취할 때 늘상 달걀을 대접하였더란다.

주교님이 아주 어렸을 때 일이지만 때로는 달걀이 먹고 싶어 어머님을 졸랐으나 어머님은 손님이 오면 드릴 달걀이라고 하시면서 손을 못대게 하셨다고 한다.

그럼 나도 커서 손님이 되면 달걀을 실컷 먹겠거니 하여 손님신부가 되기 위하여 교회에 열심히 다니다 보니 하느님께서 이 길을 열어 주셨다 하고 말씀하셨다.

티없이 순진한 생각이 오늘날 훌륭한 성직자가 되게 된 동화 童話같은 이야기였다.

그 후 언젠가 어느 신문을 펼쳐보니 고 김남수 주교님이 쓰신 회고록이 게재되어 있었다. 그런데 그 중에 그때 들었던 감명 깊었던 내용이 있어서 20여 년 전 주교님이 말씀하시던 이야기를 회상하며 가식없는 주교님의 인품에 감동한 바 있었다.

공짜로 얻은 책

나는 도심의 길거리를 혼자서 거닐기를 좋아한다.

목적도 없이 낯선 길거리를 지나다가 서점이 눈에 들어오면 그냥 들러서 되도록이면 전문서적이나 딱딱한 논문들이 즐비한 코너를 피해서 부담없이 읽을 수 있는 수필 또는 단편소설 모음집이 있는 데로 간다. 그리고는 책명과 저자, 차례 등을 대충 훑어보고 마음에 내키는 책이 있으면 손에 넣어 서재에 던져 놓고 시간이 날 때마다 읽는다. 그런데 몇년도에 어디에서 구입하였는지 기억도 없이 몇페이지를 읽지 않은 채 서재에 잠을 재워두는 일이 다반사다.

이러한 책들은 거의가 이름있는 문인들이 쓴 작품이거나 그렇지 않으면 매스컴에 오르내리는 전문직업인이 저술한 작품들이다. 그 중에는 간혹 출판사에서 증정본贈呈本이라는 고무인을 찍어 보내는 경우가 있으나 내가 이야기하고자 하는 것은 이러한 증정본이 아니라 지인知人들이 자필로 '이상용 혜존' '저자 드림'이라고 정성스럽게 써서 보내온 산문집이나 수상집들이다.

이들 저자 가운데는 간혹 법조인, 의료계 등 전문직업인도 있으나 대부분 직장 동료들이거나 타부처에 근무하는 공무원, 학창시절의 선후배 등이 많다. 그들이 바쁜 일정 틈틈이 정리한 생각들을 책으로 엮어서 내어놓는 것이다.

나는 이들로부터 책을 받으면 보내준 성의가 너무 고마워서 잘 받았노라고 인사도 하기 전에 열심히 읽기부터 한다. 그것이 저자의 노고에 대한 나의 보답이라 생각하는 것이다. 나는 이렇게 재빨리 독파하고 나서야 저자에게 전화로 또는 만나는 기회에 책의 내용에 대한 이야기를 중심으로 대화를 나눈다.

책을 잘 가려서 정독하는 것이 가장 유익하다는 것이 독서가들의 공통된 견해다. 그러나 내가 받는 대부분의 작품은 직업적인 문필가나 전문직업인들이 쓴 현란한 문체의 작품에 비하여 평가가 다소 낮을 수도 있겠으나 나에게는 전문가가 내놓은 작품보다 더할나위 없이 귀하고 소중하게 느껴진다.

이들의 작품에는 우리 이웃, 우리 주위에 일어나는 많은 이야기들이 마치 카메라의 렌즈에 잡히듯이 사실을 그대로 꾸밈없이 진솔하게, 바로 우리들의 이야기로 담겨 있기 때문에 부담없이 읽어서 좋다. 아울러 저자와 나 사이의 대화를 가능케 해주는 동시에 저자의 인상과 체취가 배어나기 때문에 더욱 정감이 간다.

나의 병영생활

　전쟁문학의 진수라면 20세기 세계문단의 거봉 제임스 존스[*]의 작품 《지상에서 영원으로》를 빼놓을 수 없다.

　이 작품은 영화로도 제작되었는데 그 영화에서 몽고메리 클리프트가 소설의 주인공 프루이트 이등병의 역을 맡아 주연을 함으로서 더욱 유명해졌다.

　이 영화의 진가는 영상을 통해 독특한 아름다운 말과 병영속어兵營俗語가 관객을 사로잡는데 있다. 더하여 이 소설의 전체적인 구성, 즉 플롯이 전쟁의 극한 상황에서 싹트는 우정과 사

---

[*] 제임스 존스 : 미국 리노이주州 로빈슨 출생. 제2차 세계대전에 미국 상비군 참가. 하와이에 주둔하고 있는 한 중대의 내부상황을 자연주의적 수법으로 묘사한 《지상에서 영원으로》를 발표하여 전후의 대표적 작가로 부상. 1953년 영화화됨.

군의학교 시절. 마산 앞바다에서
(1962년 10월)

랑, 그중에서도 절박한 상황에서 피어나는 청순한 휴머니티를 느낄 수 있게 되어 있기에 더욱 빛나고 있다.

또 다른 군진軍陳문학 중에서 화제작이었던 《이동외과병원 MASH》은 앞의 작품과는 그 전개과정과 배경이 근본적으로 다르나 내가 근 30개월간 근무하던 실제의 육군 정양병원과 너무나 공통점이 많아 감명을 불러 일으켰는지도 모른다.

나의 병영생활에서 《지상에서 영원으로》에서의 주인공 프루이트가 겪었던 감방이라든가, 휴화산休火山 지대의 체험이라든가 진주만 공습 등 절박한 상황은 없었을지라도, 단잠을 깨우던 기상 나팔소리라든가, 남색파티라든가, 병정놀이 등은 고달프면서도 즐거웠던 추억을 만들어 주었기 때문에 이 작품을 몇 번이나 읽어보게 된다.

내가 복무하던 육군정양병원에는 당연히 백의천사 간호장교들과 군의관들이 많았다. 그런데 간호장교들에게서는 쉽게 범접하지 못할 세련미와 아름다움이, 군의관들에게서는 실력과

110

교양을 겸비한 지성이 느껴졌다. 이는 내가 거쳐왔던 훈련소나 보충교육기간 중에는 일찍이 느껴보지 못했던 것들이었다.

이러한 분위기 속에서 나는 틈나는 대로 외국어 공부도 계속할 수 있었고 또 문학 등 교양서적도 섭렵할 수 있었다. 그것은 나에게는 큰 행운이었다.

그렇다고 일반 사회와 같은 분위기가 아니라 위계질서와 엄격한 규율과 기강이 존재했기 때문에 한시도 긴장을 늦출 수 없었다. 때문에 심신이 고된 것은 불문가지不問可知요, 때로는 고달프기도 했지만 동료들의 따뜻한 전우애와 희생이 있었기에 용기를 잃지 않고 전역할 때까지 주어진 군무에 전념할 수 있었다.

내가 병영생활 중 좋은 인연과 재회再會하게 된 이야기 한토막……

훈련소를 거쳐 정해진 교육을 마치고 일등병이 되어 부대에 배속되었을 때 양승화梁承禾 상병과 같은 파트에서 근무한 적이 있었다. 외모에서부터 풍기는 면모가 깔끔하면서도 세련된, 문자 그대로 신언서판身言書判을 고루 갖춘, 지성적인 분이었다.

그 분은 나보다는 군번이 빠르기 때문에 1년 먼저 전역하였다. 때문에 그분이 병영을 떠난 후 서로 소식 없이 지나오다가, 내가 80년도 중반에 경찰대학이 개설한 경찰고위간부직 직무교육에 출강할 즈음 그 분이 이 과정의 피교육자로 참가함으로써 실로 35년 만에 해우하게 되었다. 우리는 그렇게 너무 반갑게 만나 병영생활 때를 회상하며 함께 근무하였던 선후배와 동료들의 안부를 묻고, 경기도 가평의 아름다웠던 추억 등 정담을 나누었다. 그 후 소식을 들으니 경찰의 여러 요직을 거친 후 지금은 은퇴하여 고향에서 잘 지내고 있다 하니 이 또한 축복할 일이며, 지금도 가끔 연락하며 서로의 안부를 묻는다.

이와 같이 이승에서 맺어진 좋은 인연과 우연한 만남은 사람 사는 세상에서 인정이란 무엇인가를 깨우쳐주고, 또 우리의 삶에 새로운 생기와 활력을 불어넣어 준다.

세모유감歲暮有感

세모歲暮라 함은 한 해가 저무는 세말歲末을 의미한다.

한 해의 마지막을 보내면서 사람들은 가족끼리, 친지끼리, 또는 동창끼리, 또는 같은 직장 사람들과 모여서 한 해를 돌아보고 건강과 우의와 친선을 확인하는 송년행사를 갖는다.

그러나 요즈음의 세태는 송년의 참뜻을 잘못 이해하고 있음 인지 몰라도 송년送年이다, 영신迎新이다, 하여 가는 곳마다 지나친 술자리가 벌어져 그 기세는 하늘을 찌를 듯 그야말로 산을 뽑고 세상을 뒤엎을 기세(역발산 기개세力拔山 氣蓋世)다.

이런 양태는 아마 너무 빠른 세월 앞에 스스로 무력함을 느끼는 인간의 순진한 감정이 작용하고 있기 때문이 아닐까? 오죽하면 빠른 세월과 함께 지난 모든 것을 잊어버리자는 뜻에서 일본에서는 이를 망년회忘年會라고 표현하고 있지 않은가?

예나 지금이나 세월의 빠름을 화살 같다느니 유수같다느니 토끼뜀과 가마귀 날갯짓(토주오비兎走烏飛)에 비유하기도 한다.

세월! 더 직감적인 용어로 시간이라는 개념은 시공時空의 연속성連續을 인간이 편의상 무형의 자(尺)로 나누어 놓은데 지나지 않으며, 해가 바뀌거나 달라져도 우주의 섭리 앞에서는 아무런 의미가 없는 것이다.

"시간이라는 걸 설명하라면 나는 모르겠다고 할 것이다. 그러나 설명하지 않아도 좋다고 한다면 나는 안다고 할 것이다."

시간에 대한 느낌을 그대로 가식없이 표현한 이 말은 아우구스티누스*가 그의 《고백록》에서 밝힌 내용이다.

그러나 우리는 정녕 시간을 느끼지 않고 또 시간을 잊으며 살고 있을까?

우리의 삶 일촌일각이 시간에 얽매여 살고 있으니 차라리 시간을 잊어버리고 살라는 것은 인간의 원초적 심리상태를 적나라하게 드러내고 있는 것이 아닐까?

하기야 올해의 세모는 진정 새롭고도 각별한 의미를 부여하

---

* 아우구스티누스Augustinus, Aurelius(354~430) : 초대 그리스도교 교회가 낳은 위대한 철학자 · 사상가 · 성인聖人.
주요저서 《고백록告白錄》, 《삼위일체론三位一體論》, 《신국론神國論》
누미디아(북아프리카) 타가스테(지금의 수크아라스로 당시 로마의 속지) 출생.
고대문화 최후의 위인. 중세 문화의 선구자.

고 있는 것은 사실이다. 나는 이 순간 2000년을 맞은 1월 1일 새벽, 광화문 우주시계추 앞에서 새천년의 순간을 카운트다운 하던 화려한 축제가 떠오른다.

그것은 지난 천년간 인류가 지나온 전쟁·문명·변화 등을 조명하며 새로운 천년의 소망과 또 앞으로의 천년은 어떻게 변화할 것이라는 등 미래학자들의 전망과 예측이 온 매스컴을 장식하며 폭죽으로 밤하늘을 수놓았던 요란한 축제였기 때문에 나의 기억에 오래오래 남아있을 것이다.

이제 희망과 의욕으로 출발한 새천년의 첫해가 저물어가고 한 시간만 지나면 21세기의 시작인 1월 1일이 내 이마에 성큼 다가올 것이다. 지구가 돌고 있는 한……

미국의 대문호 헤밍웨이*가 《태양은 또 다시 뜬다 The Sun Also Rises》에서 전후戰後의 환멸을 벗어나 새로운 희망을 찾듯, 하이네*가 새해 벽두에 환희에 찬 인생과 사랑을 찬양했듯, 찬란한 내일이 기다려진다.

---

* 헤밍웨이Hemingway, Ernest Miller(1899~1961) : 미국의 소설가. 시카고 교외의 오크파크 출생. 주요저서 《노인과 바다》
제1차 세계대전 때 적십자 야전병원 운전병. 이탈리아 전선에서 중상.
전쟁의 허무함과 고전적인 비련을 테마로 한 《무기여 잘 있거라》가 전쟁문학의 걸작으로 평가. 에스파냐내란을 배경으로 한 《누구를 위하여 종은 울리나》 발표. 《노인과 바다》로 1953년 퓰리처상, 1954년 노벨문학상 수상.
1961년 7월 엽총사고로 죽었는데, 자살로 추측된다.
* 하이네Heine, Heinrich(1797~1856) : 독일의 시인. 뒤셀도르프 출생.
주요저서 《로만체로》
법학 전공. 독일과 프랑스의 문화적 교류를 위한 교량역할 함.
낭만주의와 고전주의의 서정시인인 동시에 반反전통적·혁명적 저널리스트였다.

수양버들 한 그루

기억을 더듬어보니 지금으로부터 꼭 50년 전 봄날이었다.

들녘에는 눈을 졸게 하는 아지랑이가 감돌고 미풍에 한들거리는 나뭇가지가 봄기운을 느껴 활개를 펴기 시작할 때, 마을 사람 모두가 나와 얼어붙은 눈을 치우고 쌓인 낙엽을 태우며 봄맞이 대청소를 했다. 나는 종제從弟를 대동하여 이웃마을 정자에 품위있게 자라고 있는 수양버들 가지를 꺾어 동구밖 입구에 심었다. 그리고는 물을 주는 등 매일같이 보살피다가 학교 개학과 더불어 객지로 나갔다.

그 후 이따금 고향에 올 즈음이면 맨 먼저 이 나무가 잘 자라고 있는지 눈여겨보며 전지를 해주기도 하고, 혹시나 바람에

116

넘어질세라 버팀목도 해주곤 하였다. 이렇게 한 5년이 지나자 그 나무는 새들의 쉼터가 되어주기도 하고, 봄이 되면 실바람에 나부끼는 정경이 마치 어느 동향화가가 화폭에 담은 그림 같기도 했다.

예로부터 태평성대의 표상으로 자주 등장하기도 하고, 때로는 이별을 상징하는 나무로 인용된 버드나무에 대해 문인 김형규 님은 다음과 같은 아름다운 글을 쓰셨다.

> 버드나무 가지는 가늘고 부드럽다. 친친 늘어진 가지에다가 무정 세월 매어 보겠다는 것이 우리들의 글에, 또는 노래에 나오는 상투의 구절이 되어 있다. 혹 꿋꿋이 서 있지 못하고 지나는 바람에 나부끼는 버드나무의 연약함을 비웃을는지 모르겠다. 그러나 억지 허세를 부리지 않고 가는 바람에도 허리를 굽히는 버드나무에서 우리는 배울 것이 있지 않을까 생각된다. …… 마치 오동나무와 봉황, 이화梨花와 접동새를 연상하듯이 버들과 꾀꼬리를 뗄 수 없는 것으로 생각한다.

그러나 나와 함께 모진 세월과 풍상을 겪으며 성장하여 반세기 동안 견뎌온 이 버드나무에게 누군가가 불을 붙여 뿌리 부분이 검게 타 큼직한 구멍이 생겨버렸다. 그래도 몇 년을 버티다가 새해도 맞기 전 근래 드문 강풍에 못이겨 수령樹令이 겨우 50년도 못되어 일생을 마감하였으니 내 머릿속에는 온갖 상

심은 지 15살 되던 해의 버드나무. 이 나무는 환갑을 겨우 채우는 것으로 천수를 다했다 말았다.

넘이 교차된다.

풍우風雨 50년! 반세기 동안 마을 입구에서 마을을 지키며 유연하게 서 있는 동안 마을 어른들의 수많은 이야기와 삶의 가르침을 들려주던, 주민들의 마음속에 각인된 정감어린 수양버들!

관촌수필의 저자 이문구 님은 동구밖을 지키던 왕소나무가 없어진 것을 서러워하였고, 섬진강 시인 김용택 님은 어느날 느티나무가 없어진 것을 서러워하며 노래하였건만, 내가 50년간 지켜보던 이 수양버들과 같이 성장한 사람이 몇몇이며, 이 나무가 살아있는 동안 이 버드나무를 뒤로한 채 이승과 이별한 사람은 몇 분이던가? 모두가 이 나무와 맺은 인연이 아니런가?

물론 만물의 영장이라는 인간도 뜻을 펴보지도 못하고 아까운 청춘에 요절하는 사람이 있는가 하면, 만복을 누리며 천수를 다하는 사람 등 그 유형이 천차만별이지만, 모든 생명 있는 것들이 종족에는 사멸하는 이치이고 보니 삼라만상 모두가 각기 타고난 운명으로 돌릴 수밖에 없다.

고목古木

나의 학창시절의
슬기롭던 그 모습
뻗어가던 힘찬 가지에
향기롭고 아름다운 꽃이
주저리주저리 피었었지…….
내 가지에 새들이 앉아
노래를 불러주고
내 꽃에 꿀벌들의 소음이
육률六律에 맞춰지고
소리 없이 얌전히 와서
꿀만 빨고 돌아가던
호접의 그 인력引力
그 매혹에 나는 귀찮게도 홀렸지

아! 지금은 사치스러운

동경의 기억으로 남아있을 뿐이다.

내 속이 썩어간 긴 세월동안

희비애락으로 엮어진

모든 역사만 간직하고

가지는 하나 둘 고목古木이 되고

겨우 잎 피는 몇 가지

생명이 붙은 것을 알릴 뿐

벌·나비·새들도 한 마리

날아오지 않는다.

아! 고독의 창 너머에서

애수만 흐르는 고목의

초라한 행색이여!

이 詩는 나의 절친한 친구 조승제의 선친이신 시인 조용만趙鏞晚 님의 시집, 《고파시집古坡詩集》에서 전재한 것이며, 아울러 1930년대 동아일보의 〈동아시단〉에 게재된 시임을 밝혀둡니다.

영일만 해맞이

2000년이 시작되는 새해 아침은 벽두부터 요란하기 그지없다.

가는 곳마다 밀레니엄Millennium 축제라 하여 마치 천지가 개벽이 되고 세상이 태초부터 막 문을 여는 것처럼 야단법석이다.

밀레니엄이란 천년 단위를 의미할진대 천년의 획을 그은 유일한 주체는 해(太陽)이기 때문에 밀레니엄 축제 중 하이라이트는 단연 〈해맞이〉임에는 이설이 없다.

그러면 왜 그 많은 사람들이 해맞이 행사를 기다리며 해맞이 준비에 정성을 쏟고 있을까?

우리나라에서 해가 제일 먼저 뜬다는 영일만
호미곶에 설치된 조각 작품.

과학과 미신은 엄연히 구분되지만 오늘날 미신처럼 대접받고 있는 미풍양속美風良俗은 과학의 힘으로는 풀 수도 없고 지울 수도 없다. 그것은 우리의 마음속에 존재하기에 더욱 가치지향적價値指向的이며 우리 생활에 보석과 같은 존재들이다.

전설이나 문헌에 의하면 옛 어머니들은 먼동이 트면 서천에 달이 지기 전에 일어나 달이 비친 샘물을 길어 정화수로 삼았다. 이 정화수를 동쪽 담 아래 올려놓고 떠오르는 해를 향해 기도를 하면서 가족의 건강과 안녕을 비는 것으로 아침을 시작하였다. 이러한 풍속이 바로 우리 민족과 함께 숨쉬며 면면히 이어온 본래의 〈해맞이〉 행사일 것이다.

오늘은 2000년 1월 1일 새벽 많은 군중들 사이에 나도 동해안 월포리 방파제에 올라서서 해를 맞이한다. 어둠이 깔린 월포리 앞바다에서 스치는 바람은 살을 에는 듯하다.

사위四圍가 점점 밝아오더니 저 멀리 수평선 위에 붉은 태양이 불쑥 솟아오른다.

많은 사람들은 새천년 새해에 얼굴을 맑게 씻고 솟아오르는 해를 보고 환호하며 무엇을 기원하는지 해를 향해 기도를 한다.

  새해는 새로워라
  아침같이 새로워라
  너 나무들 가지를 펴며
  하늘을 향해 서다.
  봄비 꽃을 적시고
  불로 뿜은 팔월의 태양
  거센 한 해의 풍우를 이겨
  또 하나의 연륜이 늘리라.
  하늘을 향한 나무들
  뿌리는 땅 깊이 박고
  새해는 새로워라.
  아침같이 새로워라.

                              - 피천득 님

〈해맞이〉하며는 아전인수격我田引水格인지 몰라도 내 고향 영일만 호미곶이 전국 방방곡곡 해맞이 장소 중에서도 단연 으뜸이라 하겠다.

내가 객지에서 학교에 다닐 때 방학을 맞으면 친구들이 우리 집엘 방문하여 며칠간 묵고 가는 경우가 있었다. 이때 친구들과 같이 나의 백부님에게 인사를 올리기 위하여 뵈러가면 백

부님께서는,

"우리가 살고 있는 이곳의 지명이 이름하여 영일迎日이라, '맞을 영' '날 일'이니, 우리가 맞이하는 해가 조선 팔도 중에 가장 먼저 뜨고 삼천리 전체를 비추고 있다."

고 말씀하시곤 했다.

방학을 마치고 다시 학교에서 만난 친구들은 이구동성으로 너의 백부님께서는 정말 호방豪放하시며 욕심이 많으신 어른이라고 했다. 나는 호방하신 것은 이해하나 욕심이 많으신 어른이라는 표현에는 동의할 수 없다고 반박하였다. 친구들은 우리가 맞이하는 해가 삼천리를 비추고 있다는 말씀이 너무 스케일이 커서 기가 눌려 그렇게 표현하였노라고 하였다.

기실 영일만은 조선조 명종 때 풍수지리학자인 남사고가 백두산을 호랑이 머리, 영일만 장기곶을 호랑이 꼬리라고 지칭한 곳이며, 이곳이 우리나라에서 가장 먼저 해를 맞이한다고 하였다. 그 후 몇백년이 지난 오늘날 과학적으로 증명되어 매스컴마다 대서특필하고 있다. 일찍이 한학의 대가이시고, 특히 주역에 통달하신 백부님께서 무심코 하신 말씀이 아님을 반세기가 지난 오늘 여기 월포리 방파제에 서서 다시금 확인한다.

시장市場 나들이

기계杞溪 장날

아우 보래이.
사람 한평생
이러쿵 살아도
저러쿵 살아도
시큰둥 하구나.
누군
왜, 살아 사는 건가.
그렁 저렁
그리 살믄

오늘같이 기계장도 서고
허연 산 뿌리 타고 내려와
아우님도
만나 잖은가베.
앙, 그렁가잉.
이 사람아,
누군
왜 살아 사는 건가
그저 살믄
오늘 같은 날
지게 목발 받쳐놓고
어슬어슬한 산비알 바라보며
한 잔 술로
소회도 풀지 않는가.
그게 다
기막히는 기라.
다 그게 유정한 기라.

- 박목월 님

위의 시는 박목월 님께서 영일군(지금은 포항시에 편입됨)의 기
계 장날에 오셔서 시장 풍경을 소묘素描하신 시로서 투박한 사
투리와 질박한 향토성을 그린 리얼리즘의 극치라 할 수 있다.

나는 시인 박목월 님이 기계시장에 와서 이 시를 지은 연유

는 잘 모른다. 다만 기계면 문성리는 새마을 운동이 점화된 곳으로 .이 운동이 요원의 불길처럼 전국적으로 확산된 지금, 박정희 대통령과 같이 이곳을 방문한 그 날이 마침 기계 장날이었기에 이러한 명시가 탄생하지 않았겠나 하고 내 나름대로 추측할 뿐이다.

기계는 내가 살고 있는 청하와 지척의 거리요, 행정구역상으로도 같을 뿐만 아니라 동일한 생활권에 속해 있는 곳이다.

그런 연고로 기계장이나 청하장이나 그 형태나 면모는 조금도 다를 바가 없다.

나는 시장을 찾기를 좋아한다. 더욱이 닷새 간격으로 서는 청하장에는 어김없이 찾아간다.

시장은 사람들의 냄새가 물씬 풍기는 새로운 삶의 활력소를 불어넣는 축제의 장이기도 하다.

오늘날 세태의 변화에 따라 시장의 인심이며 정보의 소통 구실 등이 예전과는 같지 않지만 그래도 살아 숨쉬는 삶의 현장을 확인할 수 있는 곳이 바로 시장이기 때문이다.

여름장이란 애시당초에 글러서 해는 아직 중천에 있건만 장판은 벌써 쓸쓸하고 더운 햇발이 벌러놓은 전 휘장 밑으로 등줄기를 훅훅 볶는다.

— 이효석 님의 〈메밀꽃 필 무렵〉 중에서

시장을 배경으로 한 문학작품이 세상에 나올 때의 시대적 배경을 살펴보면 더욱 흥미롭다.

박목월 님의 〈기계장날〉은 자연을 바탕으로 한 실존주의 경향이 짙을 뿐만 아니라 가난을 벗어나기 위하여 몸부림치던 1960년대, 이른바 개발연대의 초두에 나온 작품이기에 삶의 훈기를 느끼게 한다. 그러나 〈메밀꽃 필 무렵〉은 그 소재가 자연과 인간 본능의 순수성을 그린 작품이라 할지라도 1936년도 일제치하에서의 억압과 질곡 속에서 배태된 작품이고 보니 메마른 풍토에서의 숨막히는 가난을 느끼게 한다.

베스트셀러였던 박경리 님의 《시장과 전장》을 읽노라면 그때까지만 하더라도 시장의 낭만이 그대로 살아있었음을 알 수 있다.

시장은 축제祝祭같이 찬란한 빛이 출렁이고 시끄러운 소리가 기쁜 음악이 되어 가슴을 설레이게 하는 곳이다.
…… 더러는 싸움이 벌어지지만 장을 걷어 버리면 붉은 불빛이 내려앉은 목노점에서 화해술을 마시노라고 떠들썩, 술상을 두들기며 흥겨워지고. 대천지 원수가 되어 무슨 이로움이 있겠는가. 오다가다 만난 정이 도리어 두터워지는 뜨내기 장사치들. 물감 장수 옆에 책을 펴 놓고 창호지에 담배를 마는 사주쟁이 노인도 서편에 해가 남아 있는 동안은 후방을 버리지 않는다. 온갖 인생, 넘쳐흐르는 변함없는

생활이 그 곳에서 소용돌이치고 있다.

시장의 변화과정은 시대의 변천과정과 비례한다.

더 거슬러 올라가서 내가 살고 있는 서정리西井里는 고려 아혜현의 옛터이며, 천여 년간 현縣 소재지였다. 전국의 5일장과 난장을 연구하고 있는 학자에 의하면 서정리는 이 근방에서 큰 장으로 행세한 영해장과 안강, 영천장의 중간에 위치한 지리적 여건 때문에 청하장을 보러 온 보부상褓負商들의 중간 기착지로서 한때 주막이 즐비하였다고 한다. 그 많은 보부상 중 필상筆商들이 끼어 유숙하면서 피곤한 몸을 한잔 술로 풀면서 남겨 놓은 족적足跡이나 다른 기록이라도 전해 내려올 법하다. 그러나 불행하게도 고종高宗 정축 3월에 실화로 인하여 마을 전체가 잿더미로 변하여 집집마다 값진 유고와 기록들이 소진되어 자료가 전해 내려오지는 않고 있다한다. 그래도 혹시나 싶어 옛 문헌들을 살피고 있으니 이것 또한 빼놓을 수 없는 취미가 아닌가?

잊을 수 없는 사람

우리는 신문이나 잡지 등에서 훌륭한 글을 대할 때면 감명을 받아 읽어보며 그 깊이를 다시 음미한다. 특히 고정 독자가 되어 읽는 신문이나 잡지를 받으면 우선 그분이 쓴 글이 실려있는지 살펴본다.

내가 오래 전부터 읽고 있는 《다이제스트》는 인류 역사에 공헌한 위인들이 세상을 값지게 살아간 이야기라든가, 계층간의 갈등 해소에 성공한 본보기라든가, 자연을 극복하는 한 인간의 의지 등의 교양물을 담고 있다. 나는 그중에서 고정칼럼으로 연재되고 있는 〈잊을 수 없는 사람 Unforgettable person〉을 먼저 읽는다.

이 기사는 내가 경험하고 걸어온 길을 그대로 그려놓은 것과 같기 때문이다.

이 칼럼은 데이비드 로딕이라는 사람이 썼는데 그 내용을 요약하면, '대학을 졸업하고 비행기로 여행하여도 6시간 이상이 소요되는 먼 거리에 직장을 얻어서 근무하게 된 사람이 상사를 만나 직장의 분위기, 상하간의 협력관계 등을 거리낌 없이 매우 솔직담백하게 나눈 이야기를 묘사한 것'으로서 흡사 내가 만난 상사와의 관계를 그대로 묘사한 것 같아 지금 다시 읽어도 공감하지 않을 수 없다.

내가 60년대 초에 우리나라 제2의 도시이며 관문이라 할 수 있는 부산에서 공직생활을 할 때의 일이다.

그때 부산은 나하고는 이른바 삼연三緣인 혈연과 학연, 지연이 전혀 닿지 않는 객지였다. 그런데 김해金海가 고향인 오임환 吳王煥이라는 분이 나의 상사로 부임하셨다.

고 오임환 님과
1975년, 서울 청진동
어느 사진관에서
우측이 필자

직장생활을 한 사람이면 나름대로 경험한 바 있겠지만 그 분이 나에게 감동을 준 것은 훈훈한 인간미, 업무의 추진력, 부하에게 베푸는 도량뿐만 아니라 각기의 능력을 백분 발휘할 수 있도록 배려하는 너그러운 포용심이었다. 그분은 나로 하여금 객지에서의 불이익과 외로움을 잊게 하여 주고 객미客味를 크게 느끼지 않도록 하여주신 내 생애에 '잊을 수 없는 사람'이었다.

오임환 님은 체구는 비록 왜소하지만 성품이 강직하면서도 인자하여 주위에 사람이 많이 모였다. 이렇게 따르는 사람이 많았던 것은 일찍이 기관장을 지내시면서 쌓아올린 리더십 때문이 아니었나 생각된다.

그러나 이러한 외형적인 면보다 더 중요한 것은 덕德을 생활화하였기 때문이라고 생각된다.

논어에도 '덕은 외롭지 아니하고 반드시 이웃이 있다(덕불고 필유린 德不孤 必有隣)' 라고 하지 않았는가?

덕과 인정이 넘치는 오임환 님을 상사로 모신 인연이 고작 3년여에 지나지 않았다. 그러나 그분과 헤어진 후에도 서로의 직장이 천리밖에 있었음에도 불구하고 마음만은 항상 주위에 있는 것처럼 나를 위해 많은 충고와 격려를 아끼지 않으셨다. 때문에 정녕 나에게는 '잊을 수 없는 사람'이며 '인복人福을 느끼게 하여 주신 분'이시다.

한동안 나 자신이 업무관계로 매우 분망하여 연락이 끊겨 소원해질 즈음에 오임환 님은 장거리 전화를 통해 "내가 진찰을 하여 보니 중병인 것 같아서 회복하기가 매우 어렵다. 내가 심신이 쇠약하여 서울에 있는 많은 지인들에게 연락을 할 수 없어 직장에서 가장 존경하던 상사 ○○○씨와 가장 사랑하였던 자네에게 이 사실을 알리니 부디 여실히 근무하여 많은 업적을 쌓기 바라네." 하시며 전화를 끊으셨다.

전화를 받고 나니 온종일 일손이 잡히질 않는다.

다음날, 바쁜 일을 미루고 그분의 고향인 김해에 가서 문병을 했다. 그러나 그것이 마지막이 될 줄이야……

고서古書에서 은혜를 입고도 갚지 않는 부도성을 지적한 대목을 읽을 때면 타계하신 오임환 님에 대한 나의 죄책감은 더해 간다. 불경 '비내야파증사毘奈耶破憎事' 중 한 대목은 나의 마음을 더욱 무겁게 한다.

"담벽을 넘어 남의 물건을 훔치는 그 사람을 일러 도둑이라 하나 은혜를 입고 갚지 않는 자, 그야말로 큰 도둑이라 하네."

겸손하면 손해보지 않는다는데

요즈음 잘 쓰는 용어는 아니지만 도회韜晦라는 어휘가 있다.

글자를 풀이해 보면 도韜는 활집 또는 칼집이요, 회晦는 그믐 달, 곧 감추어진 달이라는 뜻이다. 원래 이 말은 도광양회韜光養晦에서 따온 준말로서 검광劍光과 월광月光을 일단 감추고 있으라는 뜻이다.

그와는 반대되는 말로는 망자존대妄自尊大라는 어휘가 있다.

도회란 자지가 가지고 있는 재능, 지위, 행적 등을 감춘다는 뜻이요, 망자존대는 종작없이 함부로 제가 잘난 체하며 별것 아닌 자기의 장점을 부풀려 부각시킨다는 뜻이니, 두 어휘는 극과 극으로 서로가 상반되는 뜻이 함축되어 있다.

오늘날과 같이 복잡한 세상에서 자기의 정체성이나 존재를 남에게 알리는 일에 앞장서지 않으면 치열한 경쟁의 대열에서 낙오될까봐 저마다 자찬의 수단을 동원, 자기 PR에 혈안이 되고 있다. 그래서 자기를 소개하는 명함도 특이한 색상과 굵은 글자로 관심을 끄는가 하면 첨단장비를 동원하여 PR에 열을 올리고 있으니, 얼핏 보기에는 '도회'라는 것이 현대 사회에 어울리지 않을지 모른다.

그러나 아무리 과학의 발달로 기계가 인간의 기능을 대신한다 할지라도 인간의 '마인드'와 사고思考를 대신해 줄 수 없는, 그래서 인간사회에만이 있는 인간관계니, 인성이니, 개성이니 하는 것은 존재한다.

인간관계에는 많은 요소들이 있지만 겸손만큼 중요한 요소는 없다고 본다.

비록 생존경쟁이 치열하여 인간미가 다소 상실되어가는 세상일지라도 우리 모두가 겸손과 겸양의 미덕을 생활화한다면 모든 질서와 규범과 도덕, 나아가서는 가치관까지도 현격하게 달라질 것이다. 성경에도 "누구든지 자기를 높이는 사람은 낮아지고 자기를 낮추는 사람은 높아진다."는 성구聖句가 있다. 그런가 하면 불교에서도 설법 중에 하심下心이라는 말이 자주 등장한다. 이 말은 마음을 낮춘다는 뜻으로 자랑하는 마음과 과시하는 마음을 없애서 남의 잘못을 보지 않고 오직 자기 허물

만을 보는 마음을 일컫는 것으로, 애오라지 자만하지 않는 성
품을 두고 하는 말인 성싶다. 그러나 겸손함에도 가식이 없어
야 한다.

조선조 선비인 허목許穆*도 그의 저서 《기언서記言序》에 다음
과 같은 명언을 남겼다.

군자는 천하의 지위가 될 수 없음을 알아 아래에 처하고,
뭇사람의 선두가 될 수 없음을 알므로 뒤에 선다. 강하江河
가 비록 아래로 흐르지만 온갖 시냇물의 우두머리가 되는
것은 자기를 낮추기 때문이다.
君子知天下之不可上也, 故下之. 知衆人之不可先也, 故後之.
江河雖左, 長於百川, 以其卑也.

또한 시인 구상* 님은 대표시 '강江'에는 다음 시구가 보인
다.

---

* 허목許穆(1595~1682) : 조선 중기의 학자·문신. 호 미수. 주요저서 《기언》, 《동사》,
  예서禮書로 《경례유찬經禮類纂》, 《방국왕조례邦國王朝禮》, 《정체전중설正體傳重說》
  서인 송시열과 예송禮訟논쟁. 우의정 과거를 거치지 않고 정승까지 승진.
  왕통을 문란하게 했다는 송시열의 죄를 엄하게 다스릴 것을 주장하여, 온건론자인
  허적許積이 이끄는 탁남濁南에 대비되는 청남淸南의 영수.
  남인의 선구이며 남인 실학파의 기반.
* 구상具常(1919~2004) : 시인 겸 언론인. 서울 출생.
  주요저서 《현대시창작입문》, 《침언부어》, 《민주고발》
  원산에서 북선매일신문北鮮每日新聞 기자.
  북조선문학예술총동맹으로부터 반동작가로 비판받자 월남.
  효성, 서강, 서울대학교 등에서 강의, 하와이대학교 초빙교수, 예술원 회원.
  존재와 현상에 대한 의식을 형이상학적으로 표현.
  대표작 연작시 〈초토의 시〉

강은 과거에 이어져 있으면서
과거에 사로잡히지 않는다.
강은 오늘을 살면서 미래를 쓴다.
....
강은 어느 때 어느 곳에서나
가장 낮은 자리를 택한다.

그러나 《행복론》을 써서 유명하여진 철학자 C. 힐티*는 지나친 겸손에 대해 다음과 같이 신랄하게 비판하였다.

"지나치게 겸손한 사람을 진심으로 받아들여서는 안된다. 특히 자기가 자기를 비열한 것처럼 비꼬는 태도를 신용해서는 안된다. 그 배후에는 대개 허영심과 명예욕의 강렬한 한 수가 숨어 감추어져 있다."

또, 근대 대문호 W. 펜*은 그의 글 '고독의 과실'에서,

"너의 공로를 과대평가하지 말아야 하는 것처럼 줄이거나 숨기지 말아야 한다. 겸손이 미덕이긴 하여도 가장된 겸손은 미덕이 아니기 때문이다."라고 한 것을 보면 동서양을 가릴 것

---

* C. 힐티Hilty, Carl(1833~1909) : 스위스의 사상가·법률가. 주요저서 《행복론》, 《잠 못 이루는 밤을 위하여》
국회의원, 국제사법재판소 스위스 위원.
그리스도교 신앙을 기반으로 이상주의적 사회개량주의 실천자.
* W. 펜Penn, William(1644~1718) : 영국의 신대륙 개척자. 옥스퍼드대학 졸업.
펜실베이니아에 양원제의회兩院制議會에 의한 정치를 실시하고, 총독이 되어 필라델피아를 건설.

없이 겸손에 대한 잣대는 조금도 다르지 않다.

논어에 "과공過恭은 비례非禮라." 즉 지나친 공손은 오히려 예에 벗어난다는 말이 있듯이······.

겸양의 미덕이 우리의 일상생활에 덕목德目이기는 하나 이를 실천에 옮긴다는 것이 얼마나 어려운가를 보여주는 한 예이다. 무척 어려운 것 같이 보이지만 우리는 일상의 행습行習에 이 두 가지 교훈을 중용中庸화한다면 겸손의 참뜻을 살려나갈 수 있을 것 같으나 나같은 범부凡夫로서는 실천에 옮기기란 쉬운 일이 아니다.

11일간의 생生과 사死

6·25 사변(한국 전쟁)은 1950년 6월 25일에 발발하여 1953년 7월 27일 휴전이 될 때까지 3년이 넘도록 계속된, 우리 역사상 가장 비참한 전쟁 중의 하나였다.

전쟁이 발발한 며칠 후 6월 28일에는 수도 서울이 함락되어 적의 수중에 들어갔고, 8월 13일에는 이곳 포항의 방어선도 무너져 수많은 피난민이 바닷가 또는 깊은 산속으로 피난길에 올랐다. 그러다가 9월 23일 인천상륙작전이 감행됨으로서 적군들은 태백산맥을 유일의 퇴로로 이용하여 후퇴하기 시작하였다.

후퇴를 거듭하던 적군은 탄환과 군사장비, 부상자를 후송시킬 인력이 절대부족하자 피난민 중 노동력이 있는 장정을 모조리 끌어내어 후송부대에 투입시켰다. 그 즈음 나도 유계리 환골입구 어느 민가에 있다가 적군에게 붙잡혀 그 길로 고행이 시작되었다.

내가 이 징용일기를 쓰자니 어떤 참전기처럼 자랑스럽지도 않을뿐더러 우선 꾀가 없고 어리석어 보이는 느낌이다. 그러니 그냥 구전의 이야기로 넘길 수도 있으나 16세의 소년이 겪은, 삶과 죽음이 교차한 11일간의 악몽을 되새겨 보노라면 극박한 상황에서도 인정이 무엇인가를 배우게 되었고, 또 내가 살아가는데 필요한 의지와 인내를 일찍이 체험할 수 있는 계기가 되었으므로 감히 중학교 때 써놓은 일기를 정리하여 남기고자 한다.

9월 24일

오늘도 원주민과 피난민들은 온종일 포탄을 퍼붓는 비행기 소리와 지축을 뒤흔드는 포성을 들으며 초조한 하루를 보냈다.

땅거미가 질 무렵, 따발총으로 무장한 적군들은 이집 저집 방문을 열어 징용이 가능한 청장년을 색출하고 있었다. 나는 저녁상을 기다리던 할머니들 틈에 끼어 잠을 청할 즈음, 인민군의 갑작스런 고함소리가 들렸다.

"거기 뒤에 숨어 있는 동무 나오라우."

나는 꼼짝없이 그들에게 붙들려, 이미 그들의 그물에 걸려온 20여명의 청장년들과 같이, 후퇴하는 인민군 부상자를 들것에 싣고 징용의 길을 떠나게 되었다.

대열을 감시 호위하는 무장병들은 걸음이 느린 사람들에게는 총검으로 위협하며 빨리 걸을 것을 재촉했다.

험악한 샘재(泉嶺)를 넘어 갈 때에는 도망가는 인민군의 대열을 감지하였음인지 멀리 원포리 앞바다에서 아군이 뿜어대는 함포사격이 바로 발밑에 떨어지는 것처럼 같이 지축을 흔들었다.

9월 25일

밤새 기아와 갈증으로 목이 탄다. 그 와중에서도 내 누님 같이 생긴 북측 간호원은 "동무, 조금만 더 가면 밥을 배분하니 고생되지만 기다려"하고 친절을 베푼다.

패잔병들은 골짝 계곡이 아닌 능선을 따라 도망가기 때문에 물을 마실 수 없어 갈증이 더욱 심하다. 더군다나 부상자들의 괴로운 신음소리와 악취가 뒤엉켜 마치 죽음의 병동을 방불케 한다.

9월 26일

아침 해가 밝았다. 날씨는 쾌청하여 떡갈나무잎에 고인 이슬을 빨며 입술을 축였다. 뒤를 돌아보니 탄약상자를 맨 민간인들이 뒤따르고 있다.

오후 2시경에 계곡으로 내려가 느티나무 밑에서 간호원들이 주먹밥을 나누어 주었다. 주먹밥이래야 보리쌀을 그냥 쪄서 소금을 뿌린 관계로 짜서 먹을 수 없는 음식이었으나 그래도 모두들 허기가 져서 하나 더 얻으려고 아우성이다.

식사를 마친 후 선발대를 따라 북으로 북으로 행진이 계속되었다. 이 사이에 내 옆에서 나와 대화를 나누며 가던 사람이 갑자기 경련을 일으키며 주저앉고 만다. 아마 소생하기 힘들 것 같다.

9월 27일

가장 먼저 가던 대열이 멈추어 휴식하고 있었다.

그중에 우리 동네분들 두 분의 얼굴이 보였다. 몹시 반가웠다. 그분들은 나를 보고 깜짝 놀라며 말을 거는 순간 인민군이 다가와 "동무들 수작하면 안돼!"하며 가로막았다.

조금 후 보니 그분들은 어느 길로 가버렸는지 보이질 않았다.

9월 28일

벌써 5일째 걸었으니 지금 가고 있는 위치가 어디쯤인지는 몰라도 상당히 멀리 온 것 같다.

이제부터는 능선을 타고 가지 않고 계곡을 따라 갔다. 신고 왔던 신발이 떨어져 인민군이 주는 '인민화'로 바꾸어 신었다.

9월 29일

낮 11시경.

여러 팀들이 일정한 간격을 두고 가던 중 모두 합류시켜 또 주먹밥을 나누어 주고 있었다.

나 보다도 다섯 살 위였던 청하 하대리에 거주하는 선배 한 분이 이 기회를 틈타 탈출하자고 했다. 그래서 남들이 식사하는 틈을 타서 단둘이서 근처의 콩밭에 숨어 콩잎을 서로 덮어주며 숨을 죽이고 엎드려 그들이 떠나기만 기다렸다.

조금 후에 인민군은 숨어있는 우리 주위를 맴돌며 "두 놈이 없어졌다."하는 소리와 함께 총검 소리가 나더니 잠시 후 사라졌다.

나는 그 분을 따라 하산했다. 그런데 20리쯤 내려갔을 때 인민군이 닥쳐 그 분을 다시 잡아갔다. 다행히 좀 떨어져서 뒤따르던 나는 잽싸게 엎드려 위기를 모면했으나 그 길로 외톨이가 되어 남으로 남으로 내려오기 시작하였다.

9월 30일

저녁 때가 되었다. 밤눈이 어두운 데다가 허기에 지친 나머지 계곡의 깊은 물에 빠져 추위에 떨며 방공호 비슷한 곳에 누워서 잠이 들었다.

'동무!'하고 부르는 소리에 눈을 뜨니 인민군 2~3명이 내 앞에 보였다. 그들에게 그간의 사정을 솔직히 털어놓고는 몸이 아파서 여기 누워있다고 사정했다. 그랬더니 그 인민군은 뜻밖에도 조금만 내려가면 민가가 있으니 그리 가서 안정을 취하라하면서 사라졌다.

겨우 민가에 도착하여 어느 집 문을 두드려 하룻밤 유숙을 간청하였더니 주인은 곤란하다며 거절했다. 다시 얼마 가지 않아서 불빛이 있는 어느 정자에 도착하여 하룻밤 유숙을 청하니 주인으로 보이는 선비풍의 노인이 쾌히 승낙해 주셨다. 그래서 방에 들어가니 여기에도 인민군들이 5~6명 둘러앉아 저녁식사를 하고 있었다. 그들은 나보고 저녁밥을 같이 먹자고 권하기에 몇 술만 떠서 먹은 후, 그간의 부족한 수면 때문에 앉은 채로 곤히 잠이 들었다.

10월 1일

이른 아침 새소리에 깨어나 수염이 댕기처럼 늘어진 주옹(主翁; 주인 노인)에게 인사를 하고 다시 왼종일 걸어가니 어느 덧 하옥下玉이라는 곳에 다달았다. 하옥은 지명 자체가 그렇게 낯설지 않은 곳이었다. 다시 야산 모퉁이를 돌아서니 어떤 할아버지와 할머니가 아들과 며느리와 손자를 데리고 골짝으로 올라오고 있었다.

할머니는 나에게 "지금 이 길로 내려가면 국군들이 산에서 내려오는 사람이면 무조건 잡아가니 내려가지 말고 우리하고 같이 피신하였다가 정세를 봐가며 내려가라"고 권하였다.

나는 할머니에게 그간의 경로와 사정, 그리고 나의 신상을 알리고 난 후 그 집 가족과 함께 움막을 지어 기거하기 시작했다.

사정을 들어보니 할아버지는 송라에서 금은방을 경영하던

분으로 전쟁 중 가옥이 파괴되고, 손자 두 명을 함께 잃어 남은 가족이라도 살리려고 먼 곳으로 피난가는 중이라고 하였다.

나는 이 움막에서 땔감을 해다 주며 할머니가 해주신 밀밥으로 이틀을 보냈다.

10월 3일

나를 2일간이나 보호해준 할머니에게 인사를 하고 고향 청하로 가는 길을 물어 출발했다.

하옥의 소위 '코찜이 재'라고 하는 가파른 고갯길 중간쯤에서 세 사람의 청년을 만났다.

그 중 한 사람은 부상을 입은 듯 붕대를 감은 팔을 목에 길게 끈을 달아 걸고, 다른 한 사람은 인민군복의 하의를 입고 신발도 인민군들의 것을 신고 있었다.

나는 그 사람들과 통성명을 하였다. 그렇게 알고보니 부상을 당한 사람은 바로 송라 화산으로 시집을 간 큰누님의 바로 뒷집(두산댁 아들이라고 함)에 산다고 하며 나의 자형과는 호형호제呼兄呼弟하는 사이라고 소개했다. 그리고 그들 역시 인민군에게 납치되어 인민군 전투부대에 소속되어 있던 중 탈출하였노라고 하였다.

산등성이를 따라 정상에 올라오니 이곳이 바로 동래산으로 장사 앞바다가 내려다 보였다. 바닷가에는 교전 중 적의 공습으로 판파된 LST선박이 물에 올라와 멈추어 있었고, 멀리 영일만이 한눈에 들어왔다.

10월 4일

동래산에서 사양진으로 내려가서 전날 만났던 청년들과 헤어지고 나 혼자서 보경사 쪽으로 내려가니 보경사 입구에는 국군들이 검문을 하고 있었다. 나는 보초에 의해 민가를 빌려 주둔하고 있는 부대로 인계되었다. 부대에는 당시 학도병으로 참전한 덕성리 이상수 형(동지중학교 5학년)이 있었다. 그 형은 나를 알아보고 "지금 청하쪽으로 가면 위험하니 나와 같이 있다가 적당할 때 가라."고 만류하였다.

나는 상수 형 등 일행들을 따라 회동으로, 어사태로 다니며 잔심부름을 하다가 다음날 상수 형이 부대명의로 된 '통과증'을 구하여 지참하고 함께 내 고향 청하로 향하였다.

부대를 나서 가다가 사양전으로 일꾼을 데리러가는 당숙모님을 만났는데 나를 보시고 깜짝 놀라시며 "집에서는 네가 인민군에 붙들려 아직 귀가하지 않아서 야단이라"고 말씀하셨다.

나는 두어 시간 걸어서 청하에 도착하니 벌써 날은 저물어 요소요소에서 검문을 하고 있었다.

실로 11일만에 집에 도착하니 어머님께서는 정한수를 떠놓고 기도하고 계셨고, 아버님은 내가 붙들려 간 곳을 찾아 탐문을 하시며 며칠간 온 산천을 헤매셨다고 한다.

내가 집을 나간 후, 아버님은 위로차 방문한 손님들에게 "단지 믿는 것은 우리집은 선대부터 조금도 악한 일을 한 적이 없으니 꼭 돌아올 것으로 믿는다."라고 말씀하셨다고 한다.

거의 반세기가 지난 오늘, 아버님이 기거하시던 낙오정樂吾亭 서재에서 표암지瓢巖誌에 실려 있는 난중일기를 발견하였다.

서정일록西征日錄이라 명명한 이 일기는 임진왜란 때 이조참의吏曹參議의 직에 있던 이정암李廷馣* 선생이 난을 당하자 전투에 참가, 진두지휘하여 연안성을 굳게 지키는 등 큰 공을 세웠으며, 그 가족들은 그 사이 피난길에 오름으로서 고행의 길이 시작되었다고 전해준다. 이 기록은 1592년 4월 28일부터 동년 10월 7일까지 156일간의 행적이다. 그런데 이 기록은 아버님께서 파주와 개성, 그리고 해주 등지를 전전하는 동안 아들을 잃어버리고 쓴 일기와 너무나 흡사했다. 그래서 이 일기를 읽을 때면 세월이 흐를수록 느껴지는 깊

선고先考의 아호를 따 지은 낙오정 현판 (현판 글씨 : 장상만張相萬)

---

* 이정암李廷馣(1541~1600) : 본관 경주, 조선 중기 문신, 병종 때 문과에 급제, 장령·사성·동래부사를 거쳐 임진왜란 때 이조참의로 개성 방위에 공을 세우고, 연안에서 의병을 모집하여 적을 무찔러 공을 세워 지중추부사가 되었다. 후에 전라감사·황해 순찰사 등을 지냈다. (유성룡의 징비록 참조)

고 끝없는 부정父情에 감루感淚됨을 금할 수 없다.

　所恃者, 吾家先世少無積惡, 豈至於無遺種乎

　단지 의지하는 것은 우리집은 선대에 조금도 악한 일을
한 것이 없으니 어찌 씨를 말리는데 까지 이르기야 하겠는
가.

-《서정일록西征日錄》중에서

4부
고전에서 보물을 캔다

고전古典에서 보물을 캔다

우리는 왜 고전古典을 읽어야 하나?

근래 고전 읽기 붐이 일어나고 있다. 다행인지 몰라도 대형 서점의 고전 코너, 혹은 청계천 6가 헌책방을 들릴 때마다 단골서점 주인은 '요즈음 고전 붐이 일고 있다'고 하며 고전류의 책 판매량을 넌지시 자랑한다.

그러면 왜 고전 읽기 붐이 일어날까? 그것은 학교교육, 특히 대학수능시험에도 고전의 출제 비율이 높아지고, 각종 매스컴에서도 고전을 전거典據로 한 예화例話가 요즈음의 세태에 비유, 자주 소개되어 오늘을 살아가는데 지혜를 던져주기 때문이다.

조윤제* 박사는 《문학하는 작품》에서 "고전은 현실 연원緣源

이고, 미래의 체험이며, 잠들어 있는 나를 깨워준다"고 하였다.

현재는 과거의 연속이요, 다가오는 미래는 언젠가는 과거 속에 파묻히기 마련이다. 때문에 우리의 미래는 어떻게 전개될 것인가? 무엇이 일어날까? 하는 불안과 의문을 제기하며 살아가고 있다. 여기에 답을 주는 것은 역시 과거를 투명하게 가식 없이 관찰함으로서 삶의 정체성正體性을 굳혀 오늘을 현명하게 살아가는 길을 찾아보자는 인간의 욕구가 아닌가 생각된다.

일상생활에서 고전과 가까이 하다보면 잊혀져 가는 과거를 지혜롭게 재해석하며, 또 다른 가능성에 도전할 수 있는 소중한 기회가 주어진다.

관구찰신觀旧察新이라는 옛말이 있듯이······.

명사들의 고전관을 소개한다면 김화영 교수님은 "나에게 고전은 두 번 세 번 읽어도 그 깊은 감동이 퇴색하지 않은 균형 잡힌 저작을 의미한다. 고전은 늘 다시 읽게 되고 다시 읽어야 하는 작품, 잠들기 전의 느긋한 시간에 그 어느 한 페이지를 열어 다시 한번 음미해 보고 혼자 산길을 걸으면서 소리내어 암송해 보는 작품이다."고 하였다.

공자*는 일찍이 "옛것을 알고 새로운 것을 찾아 아는 이라

---

* 조윤제趙潤齊(1904~1976) : 국문학자. 주요저서 《한국시가의 연구》, 《한국문학사》
  서울대학교 문리과대학 교수·학장, 성균관대학교 교수·대학원장·부총장.
* 공자孔子(BC 552~BC 479) : 중국 노魯 사상가·유교의 개조開祖.
  본명 구丘 자는 중니仲尼. 공자의 '자子'는 존칭이다.
  50세가 지나서 정치가로서 수완 발휘.

면 남의 스승이 될 만하다(溫故而知新 可以爲師矣)."라는 귀한 교훈을 남겼으며 이 경구는 고전을 대할 때마다 나에게 교훈을 던져주는 글귀이다.

다행히 문화공보부에서는 1970년도 초에 민족문화추진회와 공동으로 고전국역사업에 착수하였다. 이 사업은 문화공보부 문화과가 주관하였으며 당시 내가 존경하는 고 유운소 실장님께서 실무과장을 맡아 위원의 한 멤버로 참여하셨었다. 이를 계기로 사계학자 등 특정인의 연구소재로만 읽혀졌던 고전이 일반인에게도 차츰 보급됨으로서 국민 전체에게 자양분을 제공하게 된 계기가 되었다. 뿐만 아니라 우리 같이 어려운 학문을 이해하기 힘든 비전문가도 손쉽게 구득할 수 있게 되었으니 얼마나 다행스러운 일인가?

지금은 점차 사라져 가고 있지만 한 때에는 성황을 이루던 청계천 6가의 허술한 고서점 골목은 내가 자주 찾던 정든 곳이다.

이따금 퇴근길 피곤한 발걸음을 청계천으로 옮겨 이 서점 저 서점을 기웃거리다가 내가 찾고 있던 고서라도 입수하게 되면 마치 보물이라도 찾은 듯이 기쁜 마음으로 귀가하던 지난날이

노나라의 3중신을 누르고 문화국가를 건설하려다가 56세 때 실각. 후 이상실현을 꾀함. 그러나 69세 때 그 불가능함을 깨닫고 제자들의 교육에 전념.
제자 3,000명. 그의 언행은 《논어論語》를 통해서 전해짐.
공자의 사상은 사회적·정치적 인간을 위한 도덕이 중심.

회상되어 그때 나에게 감명을 안겨준 보배로운 고전 몇 권을
추려서 기록해 본다.

실학의 선구 이수광과 지봉유설

지봉芝峰 이수광李睟光은 조선조 중기의 명신으로서 선조, 광해군, 인조의 세 임금을 섬겼다. 그는 관료로서 무실務實의 학문을 몸소 실천, 청백한 삶을 살았다. 그가 무실의 감각으로 우리의 문화와 세계 각국의 문화를 정리하여 담아 놓은 것이 그의 수많은 저서 중 후세인들에게 끊임없이 읽혀지고 연구의 대상이 되고 있는 대표작 지봉유설芝峰類說이다.

그가 지봉유설과 같은 명저를 저술할 수 있었던 것은 일찍이 주요 요직을 두루 역임하면서 국제적인 감각과 안목을 배양하여 왔기 때문이었다.

지봉은 1585년(선조 18년) 23세에 문과에 합격하여 30세에 임진왜란을 겪을 때까지 서장관書狀官으로 북경에 다녀왔다. 그 후에도 여러 차례 왕래한 기록이 있는 것으로 미루어 이는 그분의 뛰어난 문장력이 있었기에 가능하였다. 또한 당시 안남(베트남), 유구(오끼나와), 섬라(타이)의 사신과 깊이 교류하면서 시문詩文과 정보를 교환하며 우리 문화의 우수성을 해외에 널리 알려 왔었다.

이수광은 군함이나 대포와 같은 무기의 개발을 역설, 자위自衛를 강조하였고, 특히 '마테오 리치'가 쓴 천주실의天主實義의 요지를 지봉유설에 소개한 것은 큰 의미를 부여할 수 있다. 이것은 우리나라에 천주교 교리를 처음으로 소개한 효시嚆矢이기도 하다.

또한 임진왜란을 겪은 우리 역사의 아픔을 깊이 인식하여 일본에 대하여 경계를 하는 태도를 보여 왔다. 조선조 초기 신숙주*가 쓴 해동제국기海東諸國記와 왜란 중에 포로로 끌려갔다 돌아온 강항姜沆*의 견문록 등을 이 책에 담은 점으로 보아 그

---

* 신숙주申叔舟(1417∼1475) : 조선 전기의 학자·문신.
　주요저서 《보한재집保閑齋集》《북정록北征錄》,《해동제국기海東諸國記》,《사성통고四聲通攷》 등 훈민정음 창제에 공을 세움.
　뛰어난 학식과 문재文才로서 6대 왕을 섬겼고, 세종 때는 왕의 총애를 가장 많이 받은 학자였으나 수양대군의 왕위찬탈王位篡奪에 가담한 점에서 후세에 비난을 받았다.
* 강항姜沆(1567∼1618) : 조선 중기의 학자·의병장. 호 수은. 전남 영광 출생.
　주요저서 《수은집》,《간양록》,《운제록》,《건거록》,《강감회요》 등
　정유재란 때 의병을 모집하여 싸움. 왜적의 포로가 되어 일본 오사카[大阪]로 끌려가 유학을 가르쳐 줌. 한편, 적정敵情을 고국에 보고.
　포로로 일본에 있을 때 성리학을 전함으로써 일본 성리학의 원조元祖가 됨.

영향을 많이 받은 것 같으며, 이를 근거로 대마도가 한일관계에 미치는 영향을 강조하고 있다.

그의 주장으로는 대마도의 도주島主인 종宗씨의 조상은 본래 우리나라 사람이었으나 종씨가 우리나라의 사정에 밝고 조선말을 잘하는 것을 이용하여 풍신수길*이 그로 하여금 왜란의 앞잡이로 활용하였다고 개탄한 내용들이다. 참으로 우국충정의 심정에서 묻어나온 말이라 할 수 있다.

특히 그는 나라에 대한 자긍심을 심어주기 위하여 우리나라의 인물, 지리 등 풍습 등 각 분야에 걸쳐 본보기가 되는 사안을 정리, 해외에 소개하고 이를 지봉유설에 기록한 것을 보면 그의 애국하는 마음을 엿볼 수가 있다.

그 예로 관련 있는 대목을 발췌한다.

임진왜변으로 임금이 서쪽으로 피난하고 나라가 텅 비어 있을 때 영남의 곽재우, 호남의 김천일, 호서의 조헌 등이 의병을 일으켜 왜적을 소탕하고 국가를 회복하게 되었으니 실로 의병의 힘 때문이다.

원나라 시대에 여러 나라 사신들의 숙소를 정할 때 제齊나라 사신이 제일이었고, 고구려 사신이 두 번째였다. 이는

---

* 풍신수길豊臣秀吉(도요토미 히데요시1536~1598) : 일본의 무장 ·정치가.
오다 노부나가의 뒤를 이어 일본의 천하통일을 이룩 함.
임진왜란을 일으켜 조선의 귀중한 문화재를 소실시키고 조선의 도공陶工을 납치, 일본 도자기 문화를 이룩하는 터전을 마련.

고구려가 매우 강성하였던 까닭이다. 조선은 동방의 중요한 나라로서 예의지국禮儀之國이며, 서시書詩가 뛰어나므로 수위에 두게 된 것이다.

당시 세계적인 강국, 원나라와 고구려와의 대등한 외교관계를 예시한 것은 병자호란 때 인조임금을 모시던 중 겪은 치욕과 수모를 반성하고, 먼 옛날 선조들의 부국강병이 나라의 위상을 크게 끌어올릴 수 있다는 간절한 소망이 담긴 내용이라 할 수 있다.

당나라 때 흑치상치, 고선지高仙之는 모두 동방 한인으로서 당세에 큰 이름을 떨쳤으며, 최치원도 문장으로서 한 세대를 감동시켰다.

신라에 김생金生이 있는 것은 진晉나라에 왕희지가 있는 것과 같고 고려에 이규보李奎報가 있는 것은 송나라에 소자첨蘇子瞻이 있는 것과 같으며, 정몽주가 있는 것은 손나라에 문천상文天祥이 있는 것과 같다.

이상 위의 글을 보건데 민족적 자존심을 지키기 위하여 우리나라를 중국과 대등한 반열에 올려놓으려는 흔적이 엿보이며, 아울러 조선조 대 중국 위상이 크게 위축된 정황을 개탄하여 옛 선조들이 일으킨 고구려처럼 부국강병을 은연중 강조한 대목이라고 볼 수 있다.

158

이수광의 주요 어록

학문을 하는 사람은 말은 비록 번지르하게 잘 하더라도 끝에 가서 실천을 하지 않으면 도리어 배우지 않은 것과 같다.

학문하는 사람이 구담口談에만 의존하고 실천을 하지 않는다면 경서經書를 베끼고 외우는 사람과 무엇이 다른가.

아我가 없어야 공公하다. 아我가 있으면 사私하다. 그래서 군자君子의 학문은 극기克己를 앞세운다. 기己란 아我를 가진 사私이다.

서書와 사史를 널리 읽더라도 이를 정치政治로 실천하지 않으면 배움이 아무 도움이 되지 않는다.

무실務實을 강조한 상소문

국사는 날로 허물어지고, 조정의 기강은 날로 문란한데, 이는 다른데 이유가 있는 것이 아니고 부실不實에 병이 있습니다. 만약 실實에 힘쓰지 아니하고 헛되이 문구文具만 가지고 치공治功을 이루려고 한다면 만 가지 일들이 모두 허사가 될 것입니다. 전하께서는 위로 성誠을 다하시고, 아래로 실實을 책하여 실심實心으로 실정失政을 행행行하고 실공實功으로 실정失政을 거두시고, 생각마다 실實을 생각하시고, 일마다 실實을 생각하시면 정치政治가 잘 이루어질 것입니다. 그래서 신臣은 감히 무실務實이라는 한 글자를 가지고 말씀드립니다.

※ 참고문헌 : 〈지봉유설〉 (민족문화추진회 발행)

열하일기熱河日記 감상鑑想

실학사상가 연암燕巖 박지원*은 일생동안 많은 저서를 남겼으나 대표적 저서는 열하일기이다.

이 글은 청淸 건륭제의 칠순연을 축하하기 위해 43세가 되던 해에 그 분의 삼종형三從兄인 정사 박명원正使 朴明源을 수행하여 열하, 즉 현재의 중국 하북성 승덕河北省 承德을 거쳐 연경燕京에서 돌아오기까지의 과정을 생생하게 기록한 기행문이다. 이 책을 읽노라면 심오한 사고력과 통찰력에 감탄을 금할 수 없으

---

* 박지원朴趾源(1737~1805) : 조선 후기의 실학자·소설가. 주요저서 《열하일기》, 《연암집》, 《허생전》
기행문 〈열하일기熱河日記〉를 통하여 청나라의 문화를 소개하고 당시 한국의 정치·경제·사회·문화 등 각 방면에 걸쳐 비판과 개혁을 논함.
홍대용·박제가朴齊家 등과 함께 청나라의 문물을 배워야 한다는 북학파北學派의 영수로 이용후생의 실학을 강조함. 한문소설 발표.

며, 이 고전에 탐닉되어 내 자신을 고전의 세계로 끌어들인 계기가 되었다 해도 과언이 아니다.

나는 이 글을 읽는 동안 사백 년 전으로 거슬러 올라가 내 머릿속에서 그 때의 상황을 그려보면서 입소문과 문헌으로만 접해오던 문물을 직접 확인하러 나선 연암이 본 치안제도, 성곽, 포장도로, 시장상인, 관리, 학자들의 이념과 세계관 등을 정밀하게 묘사한 몇 대목을 추려서 감상해본다.

도강渡江

태자동太子洞에 이르니 강물이 한창 창일漲溢한데 배가 없어서 건너갈 도리가 없었다.

강가를 오르내리며 한참 방황하던 차에 조그마한 고깃배 한 척이 빼치어 나오고, 또 작은 배 한 척이 강주江洲에 숨어 있는 것이 보인다. 장복(張福; 하인), 태복(泰卜; 하인)들을 시켜서 소리질러 배를 불렀다.

…… 어부가 양머리에 낚싯대를 들고 앉았는데 버드나무의 녹음이 무르녹고, 사양斜陽이 금빛으로 물들었으며, 잠자리가 물을 스쳐 지나가며 제비가 물결을 차고 가는 이때, 천번 만번 불러야 그들은 종시 돌아보지 않는다. 오래도록 모래 위에서 있노라니 더위가 대단하여 입술은 타고, 머리는 땀투성이이며, 현기증이 나고 기운이 빠져서 견딜 수가 없다. 평생에 유상游賞을 좋아하지만 오늘이야말로 과연 빚을 진 셈이로구나.

얼마 후에 주자舟子가 낚시질을 마치고 나온다. 5~6척의 작은 배가 앞으로 와서 고가高價를 달라 한다. 배 한 척에 세 사람씩 태워주고 선가船價는 한 명당 일초一鈔씩 받는다. 통나무를 후벼파서 만든 것인데 이것을 야항野航이라 한다.

우리 일행은 상하 합하여 열일곱. 말이 여섯 마리, 강 위에 떠서 7~8리를 내려가니 바드럽기 그지없다.

도강록渡江錄의 한 대목으로서 리얼하게 표현하고 있다. 옛말에 길 떠나면 고생이라는 말이 실감이 난다.

성경盛京*으로 가는 길

길에서 수레 하나를 만났는데 일곱 사람이 타고 있었다. 붉은 옷을 입고 있고, 어깨와 등을 쇠사슬로 얽어매어서 목덜미에 채웠는데, 한쪽 끝은 손에 매고 한쪽 끝은 다리를 묶었다. 이들은 금주위錦州衛의 도독으로서, 사형시킬 것을 한 등급 감하여 멀리 흑룡강 부근에 귀양을 보내는 것이라 한다. 그들의 입과 눈의 생김새는 무서워 보였으나 수레 위에서 서로 웃고 떠들며, 괴로워하는 표정은 찾아볼 수가 없다.

하찮은 것이라도 지나치지 아니하고 유심히 꿰뚫어 보는 관찰력은 오늘날 어느 명사가 쓴 기행문에서도 찾아볼 수 없는 명작이다.

---

* 성경盛京 : 지금의 봉천奉天.

조선의 말朝鮮馬

조반을 먹고 나서 나 혼자 말을 타고 먼저 출발했다. 말은 자줏빛 털에 하얀 정수리와 날렵한 종강이와 높은 발굽과 민첩하게 생긴 머리와 짧은 허리, 그리고 두 귀가 쫑긋해 보이는 것이 만 리라도 능히 달릴 수 있는 것 같다.

조선의 명마名馬를 잘 표현한 대목이다. 연암이 타고 마부인 창대昌大가 앞에서 몰고 하인인 장복張福이 뒤를 따라가는 모습을 연상해 보면 한편의 영화를 보는 것 같다. 그런 명마名馬의 후예가 오늘날 이 땅에 대를 이어 번식되고 있었으면 좋겠으나 거개가 수입종이라고 하니 안타까울 따름이다.

의주 상인義州商人

의주 상인들은 해마다 연경을 자기 집 뜰처럼 드나들며 저쪽 장사꾼들과 뜻이 맞아서 물건값을 좌지우지하는 것이 모두 그들의 손에 달렸다. 우리나라에 있는 중국의 물건값이 자꾸 오르는 까닭은 실로 이 무리들 때문이다. 의주 상인들이 잠깐 숨었다가 나타나지 않는 까닭은 흥정하는 방법 중의 하나다.

요즈음 시중에 베스트셀러인 최인호 소설 《상도商道》의 주인공 임상옥林尙沃도 중국 연경을 드나들며 축적한 부富로 우리나라의 상권을 좌지우지하였다. 그런데 임상옥이 활동하기 100년 전, 벌써 의주 상인이 연경에서 활개를 폈으니,

의주 상인의 상도와 상술이 하루아침에 이루어진 것이 아닐
것이다.

예술품 감상

구 요동旧 遼東에 다달아 그림을 그려 놓은 자기瓷器들을
보고 그 정교함에 너무 놀랐다. 이것은 하나의 질투하는 마
음이다. 내가 원래 성미가 담백하여 남을 부러워한다거나
시기하거나 하는 마음이 조금도 없었는데 지금 다른 나라에
다 발을 들여놓으니 미처 그 만분의 일도 채 보지도 못한
채 벌써부터 이런 망령된 마음을 갖는 것은 무슨 까닭인가.
이는 아마 견문이 좁은 때문이다. 만일 여래如來의 밝은 눈
을 가지고 십방세계十方世界를 두루 살펴본다면 무엇 하나
평平하지 않은 것이 없고 모든 것이 평등할진대 저절로 시
기와 부러움이 없어지리라.

타문화를 접하고 그 우월성에 감탄을 금치 못한 솔직한 성품
과 수기修己와 조선의 대 유학자 다운 모습이기에 긍지가 느껴
진다.

자존심과 대담성

사동使童에게 술을 가져오도록 하니 술과 함께 작은 잔 둘
을 탁자 위에 벌여 놓는다. 그래서 나는 담뱃대로 그 잔을
모두 쓸어 엎어버리고 "커다란 술잔을 가져와!"하고 외쳤다.
그리하여 큰 술잔에 부어서 단번에 모조리 들이마셨다. 그

러자 되놈들은 서로 얼굴을 쳐다보며 크게 놀라는 표정을 감추지 못했다. 중국은 술 마시는 법도가 매우 엄하여 술잔은 은행알만큼 작은데도 뜨겁게 데워서 조금씩 마시고, 탁자 위에 남겨 놓고는 조금씩 다시 마신다. 한꺼번에 다 마셔버리는 법이란 좀처럼 없는 만주족들도 마찬가지여서, 큰 종지나 사발에 부어 마시는 일은 전혀 없었다. 내가 찬술을 달라고 하여 한꺼번에 마신 것은 저들에게 겁을 주게 하기 위하여 일부러 대담한 체한 것이다.

만주 태학관太學館을 방문하였을 때의 에피소드로서 만리타국에 가서 비록 낯선 사람을 만나서도 옹졸하게 보이지 않으려는 대담성과 자존심을 지킨 한 단면을 보여주는 대목이다.

요동의 새벽

遼野何時盡
一旬不見出
曉星飛馬首
朝日出田間

넓고 넓은 요동벌은 가도가도 가이 없네
어느덧 일순旬이라 산(山) 하나도 볼 수 없네
새벽별 날으는 듯 말 머리에 번쩍인다
어느 곳이 동쪽이냐, 밭 사이에서 해 오른다.

아침에 들창을 여니 지루하던 비가 깨끗이 개고 따스한 바람이 이따금 불어오더니 석류꽃이 땅에 가득 떨어져 붉은 진흙으로 변해버렸다. 수구화는 이슬에 함빡 젖고, 옥잠화는 눈보다 더 희게 머리를 쳐든다.

한반도 좁은 영토를 떠나 가도가도 끝이 없는 요동땅을 지나면서 그 광활무변廣闊無邊한 정경을 시로 표현한 글로서 우리의 정서를 자극한다.

오늘날 연암이 왜 개혁적인 선비로 지칭되고 있는가?

그는 여행길에 우리나라 발전에 긴요한 개혁오무改革五務로써 건축자재인 벽돌, 문물 유통을 가속화시키는 수레, 교통수단으로서의 마종馬種개량, 비활동적인 한복 개량, 그리고 무역 진흥 등 개혁안을 내놓은 것을 보고 국가 경제에서부터 주거환경까지 개혁해야 할 분야를 꿰뚫은 혜안에 감탄하지 않을 수 없다.

※ 참고문헌 : 〈한국고전문학대전집〉 (전규태 편)
　　　　　　〈비슷한 것은 가짜다〉 (정민 저)

박 종채가 쓴
《나의 아버지 박지원》을 읽으며

앞서 연암 박지원의 열하일기를 단숨에 읽고난 후 그의 혜안과 통찰력에 감명받았다. 그런데 그의 둘째 아들인 박종채(1780~1835)가 그의 아버지에 대한 행적과 면모를 세상에 알리기 위하여 한 권의 전기를 남겼다.

이 전기의 원제原題는 《과정록過庭錄》인데, 이는 자식이 아버지의 언행과 가르침을 기록한 글이다.

옛 문헌인 노경魯經에 이르기를 "부재 관기지, 부몰 관기행 父在 觀其志, 父沒 觀其行 즉, 아버지 살아계실 때 그 뜻을 보며 자라고, 아버지 돌아가시면 그 행실을 보고 본받는다." 하였거늘 그가 아버지에 대한 행적을 진실되게 세상에 알리려는 그의 효행에 감복할 뿐이다.

전기를 읽으면서 아버지에 대한 행적을 매우 조심스럽게 다루려는 흔적을 볼 수 있었으나 모든 면에 귀감이 되는 아버지를 모셨기에 다소 과장하여도 전혀 무리가 되지 않는다.

과정록을 번역한 서울대학교 국문과 박희병 교수는 "영국에 셰익스피어가, 독일의 괴테가, 중국에 소동파가 있다면 우리나라에는 박지원이 있다"고 감히 말할 수 있다고 박지원을 격찬한 것을 보면 결코 과장함이 아님을 알 수 있다. 과정록은 그의 아호가 된 개성 부근의 연암골에서 한 때 세상을 잊고 책과 붓을 벗하면서 많은 선비들과 교우하던 때와 경상도 함양의 안의 현감으로 재직한 5년여의 세월, 그리고 강원도 양양부사로 있을 때의 행적이 거반 기록되어 있다. 이 기간에 그의 엄한 공사생활을 중심으로 그의 아들이 본 연암의 편모를 짚어본다.

역사상 드문 문장가가 탄생하려는 징후
아버지는 언젠가 꿈에 서까래만한 크기의 붓 다섯 개를 얻었는데 그 붓대에는 붓으로 "오악五嶽*을 누르리라"라는 글귀가 적혀 있었다고 한다.

자연주의, 특히 생명의 외경함을 아들에게 가르침
한때 개성 부근 연암골에 있을 때 벗들과 문장과 시를 논

---

* 오악 : 백두산, 지리산, 묘향산, 금강산, 삼각산

하던 중 잠시 붓을 놓고 정원을 산책하며 아들에게,"비록 지극히 미미한 사물들, 이를테면 풀, 꽃, 새, 벌레와 같은 것도 모두 지극한 경지를 지니고 있기에 하늘이 부여한 자연의 현모함을 엿볼 수 있노라"고 말씀하셨다.

아전들의 횡포와 비리의 실상

오 천 가구가 살고 있었다는 안의현의 아전들은 부정과 농간을 부려 재정이 바닥에 이르르자 아전들에게 형벌을 주지 않고 점잖게 타일러 뇌물로 받은 것을 모두 회수하게 되었으니 소문이 조정에까지 알려졌다.

깨끗한 사생활, 모범적인 관리

아버지는 평소 소실을 둔 적이 없었을 뿐만 아니라 기생을 가까이 하지도 않으셨다.

지방 수령으로 계실 적에 노래하는 기생이나 가야금을 타는 기생이 늘 곁에서 모시면서 벼루며 먹 시중을 들거나 차를 받들어 올렸으며, 수건이나 빗을 받들거나 산보하실 때 수행하였다.

이처럼 집안 식구와 진배없이 아침저녁으로 함께 지냈지만 한번도 마음을 준 적은 없으셨다.

지계공芝溪公* 이재성李在誠은 언젠가 이런 말씀을 하셨다.

'매양 술이 거나해지고 밤이 깊어 등잔불이 가물가물하면 담소는 한창 무르익고 앞자리의 기생들은 구성지게 노래를

---

* 지계공芝溪公 : 박지원의 처남. 열하熱河 여행에 일행으로 감.

불렀었지!

이즈음 사람들은 바야흐로 신이 나고 홍이 고조되었는데 공은 근엄한 낯빛에 엄숙한 목소리로 기생들을 그만 물러나게 하곤 했지.

그러면 사람들은 홍이 싹 식고 말았지. 이는 공이 스스로 힘써 반성하고 극기하는 방법이 아니었나 싶어. 질탕한 풍류 앞에 근엄하게 마음을 다스릴 줄 아는 위인이기에……'

종교를 다루는 안목과 혜안

서양의 천주교가 8도에 크게 번져 집집마다 물들어 실로 큰 우환거리였다.

아버지는 면천군수로 임명되자 여러 관아를 돌며 인사를 다녔다.

부임해보니 고을의 병폐나 백성들이 겪는 어려움은 그다지 다스리기 어렵지 않았다. 다만 사교邪敎가 성행하여 물들지 않은 마을이 없었다.

사교를 믿는 것이 적발되면 감영과 병영에서는 즉시 죄를 물어 다스렸는데 어리석고 무식한 백성들은 절의를 지키는 것인 양 죽을 때까지 불복했으며 설사 사형에 처하더라도 후회하지 않았다.

이때 관아마다 어리석은 백성들을 포박하여 관아에 꿇어앉히고는 바로 형구形具를 갖추어 호통치는 것이 상례였다. 그러나 아버지는 이는 형벌을 남용하는 것일 뿐만 아니라 관과 민이 서로 다투는 일이 된다는 것을 아셨다. 그래서

170

이후 누가 사학을 믿는다는 보고를 받으면 즉시 적발하여 관아의 종으로 붙들어 두고 매일밤 업무를 파한 후 한두 명을 불러다가 반복해서 깨우쳐 주셨다. 반드시 부모의 천륜天倫과 은혜가 중하다는 것부터 말하여 그들이 믿는 사교가 천륜을 거역하고 윤리를 거스르는 까닭을 밝히면서 알아듣도록 자상하게 설명하였다.

그리하여 그들이 후회하고 자책하는 것을 본 후에야 비로소 풀어주었다. 그 후 신유년(1801년, 순조1년)에 천주교도를 대대적으로 처벌한 일이 있었지만 오직 면천군만은 아무 일이 없었다. 당시 아버지는 백성들을 깨우치던 여러 조목을 친히 일기에 기록해 두셨다.

선과 악에 대한 가르침

선이란 사람이 태어날 때부터 원래 자기 몸에 갖추고 있는 이치거늘 신명神明이 굽어본다 할지라도 사람들이 행하는 선에 따라 일일이 복을 내려주지는 않는다. 왜 그런가? 마땅히 해야 할 일을 한 것이므로 딱히 훌륭하다 할 것은 아니기 때문이다. 그렇지만 악은 단 한 가지라도 행하면 반드시 재앙이 따른다. 이는 어째서일까? 마땅히 해서는 안 될 일을 한 것이므로 미워하고 노여워할만 하기 때문이다. 사람이 선을 행하여 복을 받겠다는 생각은 하지 말고 오직 악을 제거하여 죄를 면할 방도를 생각함이 옳다.

이익李瀷의 성호사설星湖僿說과 영남예찬

조선조 실학의 대가인 성호 이익星湖 李瀷은 1681년(숙종 7년), 경기도 광주에서 태어나 1763년(영조 39년), 83세로 별세할 때까지 그곳에 머물면서 학문과 가까이 하며 저술에 몰두하였으니, 그의 사상은 제자 안정복安鼎福에 의해 연구 계승되고, 정약용丁若鏞이 집대성하였다.

그는 일생동안 후세에 길이 남을 훌륭한 저서를 많이 남겼으나 그 중 불후의 명작《성호사설星湖僿說》을 들지 않을 수 없다. 성호사설을 읽노라면 사물을 관조하는 혜안이라던가, 시대의 흐름을 꿰뚫어보는 식견은 많은 세월이 지난 오늘날에도 감히 생각할 수 없는 일들을 예견하였음을 발견하게 된다. 오늘날 그의 글을 두고 많은 학자들은 매우 과학적이라고 평하고 있다.

당대의 내로라하는 유학자의 글 중에는 예컨대 호남예찬, 관동예찬 등의 글을 쉽사리 발견할 수 있어, 조선팔도가 그야말로 금수강산임을 새삼 느끼게 한다. 특히 성호사설 중 백두정간白頭正幹과 영남속嶺南俗에서 영남을 예찬한 글이 주목을 끈다.

퇴계는 소백小白 밑에서 태어나고 남명南冥은 두류頭流 등평에서 태어나니, 이는 모두 영남의 땅이다. 같은 영남에서도 그 상도上道에서는 인仁을 숭상하고 그 하도下道에서는 의義를 숭상하면서 그 유화기절儒化氣節이 바다와 같이 넓고 산과 같이 높아서 이에 문명이 절정에 이르렀으니 이곳은 한사寒士의 낙토樂土이다. 영남의 이러한 기질은 신라삼골新羅三骨의 내풍에 바탕을 둔 것이며 신라가 부강한 것도 이러한 연유와 무관하지 않다.

또한 그 유통儒通을 받은 후계자들은 정신이 강하고 실천에 용감하며 정의를 사랑하고 생명을 가볍게 여기어 이익을 위해 뜻을 굽히지 아니하였으며, 위험이 닥쳐온다 해도 지조를 변하지 아니하였다.

대체로 그 일직선의 큰 산맥이 백두산에서 시작되어 중간에 태백산이 되었고 지리산에서 끝났으니 당초에 이름을 붙인 것도 의미가 있었던 듯하며, 인물이 산출된 것으로 보아도 이 지역이 인물의 창고라 할 수 있다. 결국 국가에서 의

존할 수 있는 힘을 다른 데서 찾을 수 없을 것이다. 설혹천만세후국치위란設或千萬歲後國値危亂, 즉 '천만 년의 역사가 지난 뒤에 국가가 위태로운 국면을 당할 경우라도 전략가가 여기에서 나올 것이며, 충절도 여기에서 나올 것이다. 이 예측을 장담하고 기다려도 틀림없을 것이다.'라고 기술하고 있다.

　먼 옛날 구역을 획정한 것도 인간이 한 일일진대 영남이든 호남이든 기로이든 모두다 특징이 있고 장점이 상존하지만 성호가 예찬한 이곳 영남은 가야문화·신라문화·유교문화의 전통을 이어받아 오늘날에도 가는 곳마다 그 숨결을 느낄 수 있으니 그의 예견을 그대로 흘려버릴 수가 없다. 그리고 조선조 역대 임금 중 문예부흥과 각종 제도개혁을 통해 칭송을 받고 있는 정조께서 조선팔도인의 성품을 규정한 데서 경상도를 태산준령泰山峻嶺이라 영남을 표현한 것을 보면 그 웅장하고 장엄한 성품을 단적으로 표현했다. 이는 아마 대학자인 이익의 영향을 받아 그리하지 않았을까 생각해 본다. ※ 참고문헌 : 〈성호사설〉 (민족문화추진회 발행)

간양록看羊錄과 선비정신

　간양록은 임진왜란 중 왜적에게 잡혀가 포로의 몸이 되어 일
본에 강제송치, 갖은 고초와 학대를 받으면서 억류 4년만에 풀
려 돌아온 수은 강항睡隱 姜沆 선생의 억류생활기이다.

　수은은 명종 22년(1567년), 전라도 영광에서 태어나 선조 21년
에 진사進士시험에 합격하고 27세가 되어 별시 문과에 급제하였
다.

　이 때는 바로 임진왜란이 일어난 다음 해로 나라 안은 크게
어지러운 때였으나 벼슬길은 순탄하여 공조좌랑 등을 지냈다.

　선조 30년, 수은은 공무로 고향 영광 땅에 내려와 있을 즈음
에 그 참극할 정유재란으로 인해 상경上京치 못하고 현지에서

군량미를 조달하는 종사관에 임명되어 남원 등지에서 군량미 보급에 힘쓰다가 마침내 남원이 함락되자 고향인 영광으로 돌아가 여러 고을에 격문을 전하여 의병을 모집, 왜군과 싸웠다.

의병과 접전하던 왜군이 영광까지 육박하자 수은은 이순신 장군의 휘하에 들어갈 결심을 하고 일가 권솔을 이끌고 두 배에 갈라 타고 바다로 들어갔다. 그러나 풍랑을 만나 근해의 섬들 사이에 밀려다니다가 드디어 왜적의 군선과 마주쳐 도저히 빠져나갈 길이 없어 적에게 잡히기 보다는 자결할 것을 결심하고 바다에 몸을 던지니, 일가 권솔도 그 뒤를 따랐다. 그러나 물이 너무 얕아 모두가 적에게 잡히고 말았다. 왜적의 배에 잡힌 수은은 또 다시 자살을 시도하였으나 재빨리 눈치챈 왜병들에게 발각되어 밧줄에 묶이고 말았다.

그는 이 때에 일어난 슬픔을 이렇게 읊었다.

> 아득한 넓은 바다 달조차 지려는데
> 눈물 섞인 찬이슬에 옷깃이 젖네.
> 넘치는 이 물결은 임 그리는 물결인가,
> 저 별아, 너만은 알리라. 서러운 이 맘을.

> 滄海落月欲沈 淚和凉露濕羅襟
> 盈盈一水相思恨, 汝應知此悲心

좌수영을 떠난지 8일만에 일행이 탄 배는 일본에 닿아 대판

176

大阪을 거쳐 일본의 수도 경도에 옮겨졌다. 이 때 수은은 죽림竹林에 숨어서 학문이 뛰어난 승려들과 깊은 교류가 이루어졌다. 그 중 일본 주자학朱子學의 선구자가 된 등원(藤原 ; 1561-1610)에게 퇴계학을 강론함으로써 일본에 유학儒學의 씨를 뿌린 일본 주자학의 아버지로 칭송을 받고 있다.

수은의 간양록에는 적국에서 임금님에게 올리는 글賊中封疏, 환란 생활의 기록涉亂事迹, 적중문견록賊中聞見錄, 포로들에게 알리는 격문 등으로 구성되어 있다. 억류생활 중 고난은 말할 수 없거니와 특히 적정을 살피어 인편에 비밀리 본국에 알리는 적중견문록과 당시 일본의 제도 관습 및 지리 등을 적은 것은 기록을 보면 수은의 우국충정에 넘치는 조국애와 선비다운 면모를 볼 수 있다. 그의 적중봉소賊中封疏, 즉 적국에서 임금께 올리는 글 중에는 이런 대목이 나온다.

다시 벼슬자리를 얻어 조정에 나서기를 바라서가 아니오라 살아서 다시금 대마도를 거쳐 부산의 한쪽 귀만이라도 바라다보게 된다면 아침에 보고 저녁에 죽는대도 조금도 한이 없겠나이다. 왜놈들의 정상과 적의 괴수(豊臣秀吉)가 죽은 뒤의 놈들의 흉계를 기록하여 아울러 보내오니 전하께서는 소신이 못났다고 해서 이 글까지 버리지 마옵소서.

선조는 이 글을 받아 보고 가상히 여겨 이를 비국備局에 비치하였다고 한다.

선조 33년, 포로생활에서 풀려나 그의 두 종형, 권솔, 그밖의 포로 30여명과 같이 경도를 떠나 꿈에도 그리던 고국으로 돌아온 수은은 조정에서 다시 불렀으나 죄를 지은 몸이라면서 벼슬을 사양하고 초야에 묻혀 학문에만 전념하다가 52세를 일기로 세상을 마쳤다.

나는 1980년 이을호李乙浩 선생이 번역하여 〈수은 강항 선생 기념사업회〉에서 발간한 이 책자를 읽고 큰 감명을 받았다. 그러던 중, 마침 1992년 일본 외무성에서 주최하는 〈전통문화 보존에 관한 국제회의〉에 주제발표 차 일본에 갔다가 이 회의에 참석한 경도대학 교수 한 분과 수은 선생에 대해 많은 대화를 나누었다. 동시에 이 때에 일본에서의 수은 선생의 발자취와 업적을 보기 위하여 수은 선생의 족적을 따라 여행하는 기회를 가졌다.

우리는 역사 속의 보석 같은 이런 인물을 재조명함으로서 우리의 좌표를 설정함이 바람직하다 하겠다.

백담사와 만해 한용운

백담사 하면 언뜻 5공화국 시절 전두환 대통령이 유폐됐던 사건이 떠오른다.

그러나 거슬러 올라가 애국지사이자 시인이며 선승禪僧이었던 만해萬海 한용운韓龍雲*이 머물렀던 곳으로 더 유명하다.

나는 오래전부터 백담사 행을 벼르고 있었으나 차일피일 미루던 차 가족과 함께 백담사를 찾을 기회가 있었다.

민족의 영산인 오대산은 발이 닿는 곳마다 신이 빚어 놓은

---

* 한용운韓龍雲(1879~1944) : 독립운동가 · 승려 · 시인. 호 만해萬海 · 卍海.
충남 홍성 출생. 주요저서《조선불교유신론朝鮮佛敎維新論》,《님의 침묵》
1905년(광무 9) 인제의 백담사百潭寺에서 연곡連谷을 스승으로 승려가 됨.《불교대전佛敎大典》저술. 종래의 무능한 불교를 개혁하고 불교의 현실참여를 주장.
1919년 3·1운동 때 민족대표 33인의 한 사람.

오묘한 자연의 조화에 압도되어 한시도 눈을 뗄 수 없는 아름다운 풍광이 전개된다.

이곳 백담사를 찾아온 대부분의 여행객들은 도착하자마자 전두환 전 대통령이 기거하였다는 행랑을 유심히 살피는 모습이었으나 나는 평소 관심을 가졌던 만해萬海 한용운韓龍雲 기념관에 먼저 발걸음이 멈추어졌다.

만해기념관에는 그 분이 평소 쓰던 지필묵紙筆墨이며 글씨, 어록 등 유품들이 잘 정돈되어 있어 이곳을 찾는 이들에게 많은 가르침을 주고 있는, 산 교육장의 역할을 하고 있다.

우선 그의 가계家系를 살펴보면 그의 아버지 한응준韓應俊은 아전출신 지식인으로 양반계급에 대한 반발이 강하고 애국적이며 의협심이 대단하였기에 동학혁명에 가담했다가 그 일족이 모두 멸문滅門의 화를 입게 되었다. 그의 아들 만해 역시 아버지의 반골기질을 그대로 물려받았다.

그는 18세 때에 동학군에 뛰어들어 그 젊은 혈기를 불살랐으며 관군에게 쫓기는 몸이 되자 설악산에 들어가 승려가 되었다.

그가 승려가 된 것은 단순히 관군에 쫓겨서가 아니라 아홉 살 때 읽었던 서상기西相記 때문에 마음이 쏠렸다고 그의 자서전에서 회고하고 있다.

인생이란 덧없는 것이 아닌가. 밤낮 근근히 살아가다가 생명이 가면 무엇이 남는가. 명예인가, 부귀인가. 모두 다 아쉬운 것이 아닌가.

종국에는 모든 것이 공空이 되고 무색無色하고 무형無形한 것이 되어 버리지 않는가. 나의 회의는 점점 커져갔다. 나는 이 회의 때문에 머리가 끝없이 혼란하여짐을 깨달았다.

에라, 인생이란 무엇인지 그것부터 알고 일하자, 하는 결론을 얻고 나는 그제서야 서울 가는 길을 버리고 강원도 오대산의 백담사에 이름 높은 도사가 있다는 말을 듣고 산골 길을 헤매며 그 곳으로 갔었다.

그래서 곧 동냥중이 되어 물욕, 색욕을 버리고, 한갓 염불 외며 도를 닦기에 몇해를 보내었다.

- 중략

나는 만해 한용운 저서 '모두가 님이어라'를 읽으면서 혁명가이며, 승려이며, 시인 이전에 그의 파란 많은 생애와 또한 그와 동시대를 살고 갔던 백성들의 인생여정을 생각하노라면 어려웠던 그 시대를 어렴풋이나마 짐작할 수 있다.

나는 백담사를 나오면서 한 인간으로서 우리 민족의 정신세계에 큰 영향을 미쳤던 한 승려의 생애를 상상해 보며 다시 피곤한 발걸음을 옮겼다.

애국가 · 혁명가의 독백

기미년 사건으로 서대문 감옥에 갇혀 있을 때 나는 철창

바깥으로 고요히 흘러 들어오는 달빛에 홀리어 똥통 위로 머리를 올리어 하늘을 쳐다보았다.

무어라 말할 수 없이 심신이 상쾌하여진다.

저 달을 베어 내 마음을 만들고자 나는 참을 길이 없어 달을 두고 시 한 수를 지었다.

그리고는 그날 밤 늦게까지 달빛을 바라보면서 지냈다.

달이야 산에, 들에, 장안에, 전가田家에 어느 곳에 명월이 없으랴마는 그때 그 철창 밑에서 바라보던 달, 나는 영원히 그것을 잊지 못하노라. (1932. 10)

범부凡夫가 보는 달, 혁명가가 보는 달, 시인이 보는 달의 양태가 각기 다르거늘 혁명가이며 시인답게도 외로움과 그리움을 노래하며 나라를 위한 단심丹心이 구구절절 배어 있어 머리가 숙여진다.

선승禪僧으로서의 방황과 독백

물욕物慾, 색욕色慾에 움직일 청춘의 몸이 한갓 도포道袍자락을 감고 고깔 쓰고 염불을 외우게 되며 완전히 현세現世를 초달한 행위인 듯이 보이나 아마 내 자신으로 생각하기에도 그렇게 철저한 도승道僧이 아니었을 것이다.

님의 침묵은 불교적인 비유와 그 속에는 일제에 대한 저항의식과 민족에 대한 애정이 짙게 나타나 있는 작품이다.

다시 말하면 조국, 중생, 진리 등으로 표상되는 〈님〉을 통해 민족의 현실과 영원을 노래했다.

님의 침묵

님은 갔습니다 아아 사랑하는 나의 님은 갔습니다.

푸른 산 빛을 깨치고 단풍나무 숲을 향해 난 작은 길을 걸어서 차마 떨치고 갔습니다.

— 중략 —

우리는 만날 때에 떠날 것을 염려하는 것과 같이 떠날 때에 다시 만날 것을 믿습니다.

아아, 님은 갔지마는 나는 님을 보내지 아니하였습니다.

제 곡조를 못이기는 사랑의 노래는 님의 침묵을 휩싸고 돕니다.

※ 참고문헌 : 모두다 님이어라 (한용운 저) / 한국독립운동사

유길준의 서유견문西遊見聞

이홍직 박사가 책임 감수한 국사대사전에 유길준을 다음과 같이 소개하고 있다.

유길준(兪吉濬; 1856~1914) 정치가. 개화 운동가. 호는 구당矩堂. 본관은 기계杞溪, 서울 태생. 1880년(고종 17년) 일본에 건너가 케이오의숙(慶應義塾)을 거쳐 도미하여 워싱턴, 보스턴 등 대학에서 수학, 구미 각국을 유람하고 1884년 귀국했다.

때마침 갑신정변으로 친일혐의자가 일망타진되던 때라 포도대장에게 소환되었으나 조병하趙秉夏 등의 힘으로 간신히 죽음을 면하고 6년간의 구수생활拘囚生活을 겪으며 서유견문을 편찬하였다.

위에서 언급한 바와같이 그 배경을 좀더 구체적으로 설명한다면 귀국 후 우포도대장 한규설의 집에 연금되었다. 이는 갑신정변 주도세력과의 연류혐의 때문인 것으로 보이지만 실제로는 수구파의 박해로부터 그를 보호하기 위한 조치였다. 이를 계기로 1887년 한규설의 별장인 취운정에서 자신이 외유 중 보고 들은 서양의 견문을 정리하여 1889년에 원고를 완성하게 되었다.

오늘날 '서유견문'을 높이 평가하는 이유는 단순히 외국에 체재하는 동안 그저 보고 느낀 그 나라의 체제와 정황을 소개한 것이 아니라, 개항開港에 즈음하여 외국으로부터의 압력이 더해지는 시기에 개화의 바른 길을 제시하기 때문이다. 또 우리의 글을 사랑하는 그가 우리나라 최초의 국한문체를 사용함으로서 어문학적으로 높이 평가되고 있으며, 국한문을 혼용한 것을 두고 우리 글자만을 순수하게 쓰지 못한 것을 불만스럽게 생각한다고 한 고백은 애국심을 한층 돋보이게 한다.

이 책은 육대주를 소개한 《지구세계의 개론》인 제1편에서부터 세계의 주요 도시를 소개한 제20편까지 총 500여에 달하는 구미기행문으로써 당시의 형편과 사정으로 보아 방대한 자료 수집과 통찰력에 놀라지 않을 수 없다.

나는 이 방대한 명저(유길준 저, 허경진 옮김) 중에 어느 한 분야도 놓칠 수 없었지만 특히 나의 기억에 오래 남는 것은 제12편

중의 애국하는 충정, 제13편의 서양학문, 제14편의 개화의 등
급 등이었다.

애국하는 충정 · 1

나라라고 하는 것은 한겨레의 국민들이 한 폭의 대지를
차지하고 살면서 언어, 법률, 정치, 습속과 역사를 같이하는
것이다. 또 사람들은 나라가 세워짐에 따라서 터전을 이뤄
가는 것이며, 사람도 나라가 없으면 터전을 얻지 못하는 것
이다.

사람이 비록 가족의 성씨와 항렬자를 가지고 있지만 이는
자기 한 몸의 사사로운 이름에 지나지 않고 어디서나 두루
통하는 공적인 이름은 아니다. 가령 우리 조선사람은'조선
인'이라는 세 글자가 가장 중대하고 공적인 이름이다. 그러
므로 우리들이 함께 물려받은'조선사람'이라고 불리우는 공
적인 이름의 직책을 지키려고 한다면 이 이름을 부모의 이
름같이 공경하여 다른나라 사람들에게 부끄러움을 끼치는
일도 없도록 하며, 올바른 도리와 커다란 권리로서 보호하
여야 한다. 천하에서 이 이름을 감히 업신여기는 자가 있으
면 용감한 의기로써 다투어, 존대받는 지위를 잃지 말아야
한다.

이른바 개화파라고 분류되는 유길준은 세계를 기행하면서 조
국이 기울어가고 있는 국운國運을 생각하며 오로지 나라가 있
어야 내가 존재한다는 애국충정을 강조하였다. 또 우리도 36년

간 나라잃은 설움과 질곡을 겪었듯이 지구상에서는 2차대전 이후 오늘까지도 빼앗긴 나라를 되찾기 위해 독립투쟁을 하는 처절한 민족이 있음을 잊어서는 안된다는 교훈을 던져주고 있다.

애국하는 충정 · 2

나라를 사랑하는 마음은 국민들이 교육을 골고루 받을수록 정성스러워 진다. 정부에서는 국민을 교육하는 일에다 마음과 힘을 다 기울이며, 많은 예산을 아낌없이 투자한다. 그래서 그 나라의 국민은 나라를 위한 일이라면 무슨 일이든 생사를 돌보지 않게 된다. 관직에 있는 자와 학문에 힘쓴 자는 자연히 나라를 위하려는 뜻 말고는 다른 생각이 없겠지만 농사를 짓는 나도 나라를 위해서 하고, 물품을 만드는 자도 역시 그러하다. 민간에서 하는 모든 일 가운데 나라를 위하지 않는 일은 없다.

나라가 국민들에게 맹목적인 충성심만을 강조해서는 안되며 백성들에게 충성심을 불러일으키기 위해서는 적극적인 교육 등 정부의 직분을 다 함으로써 가능하며 사농공상士農工商의 문약주의文弱主意에 빠진 선비 우선의 관념에서 과감히 벗어나 농업, 공업할 것 없이 모든 분야가 나라의 발전에 귀결된다는 것을 강조한 것이다.

학문의 중요성

사람이 학업을 닦지 않으면 사람으로서 사람다운 직업과 직책을 다 할 수 없다. 학업을 닦는 일이 어찌 크고도 중하지 않겠는가마는 학업은 실상과 허명으로 구분한다.

그렇다면 어떠한 학업을 허명虛名이라고 하는가? 이치를 캐지 않고 문화만 숭상하며 청춘부터 백발이 다 되도록 시와 문장 공부만 혼자 즐기되, 그 학업을 이용利用하과 후생後生하는 방법을 강구하지 못하는 경우이다.

한평생 허명한 학문에만 매달리다보면 남는 것은 공리공론公理空論 뿐, 실생활에 아무런 보탬이 되지 않는다. 오로지 학문은 백성의 쓰임에 편리하도록 하는 공산품 등을 만드는데 초점을 맞춘 이용후생利用厚生의 학문을 장려하였다. 이는 서유견문이 발표되기 100년 전 선현들의 철학인 실사구시實事求是와도 같은 맥락으로 해석할 수 있다. 이는 넓은 의미에서 미국 발전의 동력과 기저인 프라그마티즘Pragmatism 사상에도 영향을 받은 듯하다.

개화의 등급

개화한 자는 천만 가지 사물을 연구하고 경영하여 날마다 새롭고 또 날마다 새로워지기를 기약한다. 이와같이 하기 때문에 그 진취적인 기상이 웅장했다.

반쯤 개화한 자는 사물을 연구하지 아니하고 경영하지도

않으며 구차한 계획과 고식적인 의사로써 조금 성공한 안주하고 장기적인 대책이 없는 자다. 그러면서도 또한 스스로 만족하게 여기는 마음이 있어서 사람을 대할 때 능한 자에게는 칭찬하는 일이 적고, 능치못한 자는 깔본다. 언제나 거만한 기색을 띠고 망령된 생각으로 스스로를 높이되, 지위의 귀천과 행세의 강약에 의해 심하게 인품을 구별한다.

아직 개화되지 않은 자는 곧 야만스러운 종족이다. 천만 가지 사물에 규모와 궤도가 없기 때문에 사람을 대하는데 있어서도 기강과 예법이 없기 때문에 천하에 가장 불쌍한 자들이다.

이와같이 등급을 나누었지만 스스로 힘쓰기를 그치지 않으면 반쯤 개화한 자와 아직 개화하지 않은 자라도 개화한 자의 문지방에 이를 수 있다.

아직 개화하지 않은 자들의 나라에도 개화한 자가 있고, 아직 개화하지 않은 자들의 나라에도 개화한 자가 있다. 그러므로 개화한 자들의 나라에도 반쯤 개화한 자가 있으며, 아직 개화하지 않은 자도 있다.

반쯤 개화한 자를 권하여 이를 행하게 하고, 아직 개화하지 않은 자를 깨닫게 해주는 것이 개화한 자의 책임이고 직분이다.

개화의 싹을 틔우기 위하여서는 어떻게 하면 우리 백성들을 개화의 물결로 합류시킬 수 있을 것인가 하며 개화된 정도를 일반적인 관점에서 분류하였다. 그러나 중간 계층의

주류를 형성하고 있는 반쯤 개화된 부류들에 대한 신랄한
비판은 개화를 위해 몸부림치는 유길준의 고민을 나타낸 한
단면이라 볼 수 있다. ※ 참고문헌 : 〈서유견문〉 (허경진 옮김), 〈서유
견문〉 (이한섭 역)

징비록懲毖錄에서 얻은 교훈

　서애 유성룡西厓 柳成龍*의 장비록은 10세기 말 임진왜란 당시 좌의정, 영의정 사도 도체찰사四道 都體察使의 중책을 맡았던 서애西厓가 난亂이 끝난 후 관직에서 물러나 한거閑居할 때 저술한 책이다.

　'징비'란 미리 징계해서 후한을 경계한다(豫其懲而毖後患)라는 뜻으로서 이는 시경詩經의 소비경小毖經편에서 딴 말이며,

---

* 서애 유성룡西厓 柳成龍(1542~1607) : 조선 중기의 문신·학자. 호 서애西厓. 경북 의성 출생. 주요저서《서애집》,《징비록懲毖錄》
풍원부원군豊原府院君. 서인 정철鄭澈의 처벌이 논의될 때 온건파인 남인에 속하여 강경파인 북인 이산해李山海와 대립.
임진왜란 도체찰사都體察使로 군무를 총괄, 이순신李舜臣·권율權慄 등 명장을 등용.
안동의 호계서원虎溪書院·병산서원屛山書院 등에 제향.

"내 지나간 일을 징계하고 뒷근심이 있을까 삼가노라. 이것이 바로 내가 징비록을 쓰는 연유이다."

라고 서문에서 붓을 든 동기를 술회하고 있다.

징비록에서 난亂의 배경과 원인 등 그 발단을 밝히기 위하여 이 대목을 맨 먼저 기록한 것으로 보인다.

전쟁 전의 상황

징비록에서 이르기를,

"우리나라는 일찍이 일본에 사신을 보내어 경조慶弔의 예를 닦았으니 고령부원군高靈府院君 신숙주申叔舟가 서장관書狀官으로서 왕래한 것이 바로 그 중 하나이다."라 하였다. 또한 우리나라 사신들의 일본 통신사 일기를 모은 해행총재海行摠載에 의하면 신숙주가 세상을 떠날 무렵 임금인 성종成宗께서 물으셨다.

"그래 경은 나에게 남길 말이 있느냐?"

그러자 신숙주가 대답하여 아뢰기를,

"바라옵건데 일본과 실화失和하지 마옵소서."

라고 하였다 한다.

이 말에 감동되어 성종께서는 일본에 사신을 보내곤 하였으나 풍랑 등 일기 관계로 뜻을 이루지 못했다고 한다.

그 후 많은 세월이 지나는 동안 조선과 일본은 사신문제로 외교적 마찰을 일으켰다. 특히 도요도미 히데요시가 왕위에 오

른 이후에는 사신의 입국 교섭문제가 양국간에 날카롭게 대립
되고 있었다. 그러던 가던 중 임란이 발발하기 전 선조께서 상
사 황윤길. 부사 김성일 서장관 허성의 일본 파견과 귀국 후
보고 등으로 이어진 임진왜란의 과정을 살필 수 있다.

침략의 징후에 대한 대비

조정에서는 황윤길의 보고를 토대로 남부지방 삼도三道에
방어를 담당할 감사를 새로 임명하는 한편, 무기를 준비하
고 성곽을 신축 또는 이전 확장하는 등 국방에 힘을 쓰기
시작하였다.

그 가운데서는 일본과 가까운 거리에 있어 일본의 침략이
예상되는 경상도 지방에 특히 많은 성을 쌓는 동안 백성들
은 이러한 태평시대에 왠 성을 쌓느냐고 불평하였다고 하니,
당시 나라의 정치와 민심이 서로 괴리현상을 보인 듯하다.

비참한 전쟁

이 책에서 가장 비참한 대목도 명나라 이여송* 부대가
서울로 수복한 직후의 상황이다.

"성안에 남아 있던 백성들은 백에 하나도 성한 사람은 없
고 모두가 굶주리고 병들어 눈뜨고는 볼 수 없었다. 또한

---

* 이여송李如松(?~1598) : 중국 명明나라의 무장.
임진왜란 때 4만의 군사를 이끌고 조선에 들어와, 1593년 1월 평양성에서 고니시 유
키나가[小西行長]의 일본군을 격파하여 전세를 역전시키는 데 큰 공을 세움. 그러나
벽제관싸움에서 고바야카와 다카카게[小早川隆景]에 패한 후로는 화의교섭 위주의 소
극적인 활동을 하다가 그해 말에 철군함.

거리마다 인마人馬 썩는 냄새가 진동하여 코를 막고 지나가
야 했다. 또 선조가 환도한 후에는 이루 말할 수 없는 참극
이 벌어지고 있었다. 그 현상은 '부자와 부부가 서로 뜯어
먹기에 이르렀다.(至父子夫婦相食)'라며 노선에 뒹구는 뼈만 짚
단같이 늘어 있었다."

우리는 6·25를 직접 겪어 체험하였기 때문에, 또 6·25의
참상을 많은 기록과 영상물 등을 통해 피부로 느낄 수 있지만
다만 문자를 통해 상상으로 느껴지는 임진왜란의 함성은 그것
을 능가할 만큼 처참하다.

비록 6·25가 더 처참한 전쟁이라 할지라도 몇백년이 지난
오늘날 인명의 경시, 인간성의 상실, 인간소외, 전쟁에 대한
감성의 둔화 등으로 인해 그만큼 느끼는 강도가 약화된지도
모른다.

원군援軍의 개입

빠른 속도로 쳐들어오는 왜군에 밀려 북으로 도주하다시
피 하는 조정에서는 마지막으로 의지할 것은 명明나라 원군
밖에 없었다. 7월에는 5,000명의 원군이 왔고, 또 12월에는
이여 송 휘하의 4만 원군이 왔다.

"조정에서 원병을 요청한 것은 무엇보다도 서울을 회복하
는 것이 그 첫째 목표였으나 왜병은 이미 평양까지 함락하
여 하루 이틀사이에 압록강마저 완전치 못한 상황에 도달하

자 구원병이 도착하였다. 이때 하늘이 도운 것인지 사람의 힘으로 이루어진 것인지 알 수 없다."

구원병으로는 명나라 이여송 부대의 무례함과 비정非情에는 나라의 체면은 물론 나라의 자존심이라고는 조금도 찾아 볼 수 없는 당시의 상황을 감안할 때, 이러한 수모를 당하지 않기 위해서는 시대가 달라졌어도 첫째도 자강自强이요, 둘째도 자강임은 두말할 나위 없다.

이순신과 원균
징비록에서는 이순신과 원균을 이렇게 비교하고 있다.
'이순신의 자字는 여해汝諧이며 본관은 덕수德水다.'
그는 어릴적부터 똑똑하였다. 성인이 된 그는 활을 잘 쏘아 무과에 급제하였다. 그는 말과 웃음이 적었고, 용모는 단정하였으며, 항상 마음과 몸을 닦아 선비와 같았다. 그러나 속으로는 담력과 용기가 뛰어났으며, 자신의 몸을 돌보지 않고 나라를 위해 목숨을 바친 것은 평소 그의 뜻이 드러난 것이다.

"한산도에 도착한 원균은 이순신이 시행한 제도를 모두 바꾸고 이순신이 신임하던 장수와 병사들을 모두 내 쫓았다.
이순신은 한산도에 머무르고 있을 때 운주당이라는 집을 지어 그곳에서 장수들과 함께 밤낮을 가리지 않고 전투를 연구하면서 지냈다. 그리고 아무리 졸병이라 하여도 군사에 관한 내용이라면 언제든지 와서 자유롭게 토론할 수 있게 했다. 그 결과, 모든 병사들이 군사에 정통하게 되었으며, 전투를 시작하기 전에는 장수들과 의논하여 계책을 결정하였던 까닭에 전투에서 패하는 일이 없었다."

그런데 원균은 자기 집에 첩을 데려다가 함께 살면서 이중 울타리를 쳐놓아 장수들조차 그를 보기 힘들었다. 또한 술을 좋아해서 술주정이 다반사였다. 병영 내에서는 형벌이 무시로 이루어져 병사들은 이렇게 수군거렸다.

"왜놈들을 만나면 달아날 수밖에 없네 그려."

장수들 또한 그를 비웃었으며 두려워하지도 않아 지휘관으로서의 품위나 명령이 지켜지질 않았다.

나는 1997년 여름, 뮤지컬 '성웅 이순신'을 감상할 기회가 있었다.

이 뮤지컬의 줄거리도 대부분 징비록을 기본으로 하였기 때문에 징비록을 읽은 나로서는 오페라 전개과정이 너무나 생생하게 기억된다.

창극 '성웅 이순신' 줄거리

이순신이 원균과의 공적다툼으로 원균의 모함을 받아 옥에 갇히게 되고, 대신들이 그의 단죄를 의논하기 시작했다. 그때 현풍에 사는 박성朴惺이라는 자는 이순신의 목을 베어야 한다는 상소문을 올리기까지 하였으나 판중추부사判中樞

府事 정탁鄭琢이 홀로 일어나서 "그는 명장이오니 죽여서는 안되옵니다. 군사상 문제는 다른 사람이 판단하기 어려운 점이 있습니다."라고 간했다. 그러자 조정에서는 한 차례 고문을 한 다음 사형을 감형하고 삭탈관직만 시켰다. 이때 이순신의 노모는 아산에 살았는데 그가 감옥에 갇혔다는 소식을 듣자 고통스러워 하다가 목숨을 잃고 말았다. 한편 옥에서 나온 이순신은 아산을 지나는 길에 상복을 입고는 권율 휘하에 들어가 백의종군한다는 내용이다.

이 뮤지컬이 더욱 돋보인 것은 정의롭게 처신한 이순신의 충효忠孝정신과 정탁鄭琢의 올바른 판별력에 초점을 둔 것이 오래도록 나의 기억에 남아 있다. 민심이 천심이라던가 백성들의 이순신에 대한 사모는 누구도 막지를 못하였다.

유비무환有備無患의 교훈

임진왜란 이후 얼마 못가서 조선조는 또다시 병자호란의 참화와 치욕을 다시 겪게 되어 국운이 점점 쇠락해진다. 그러다가 조선왕조는 결국 20세기 초에 붕괴된다. 그 후 연이어 일본의 36년간의 강점, 8·15 광복, 남북분단, 6·25 전쟁, 4·19의거, 5·16 군사정부, 80년도 군부 등 파란만장한 질곡桎梏의 길을 겪고 있는 것이 우리의 근세사다, 우리는 모름지기 징비록에서 역사의 교훈을 찾아야만 그러한 고난을 극복할 수 있을 것이다. ※ 참고자료 : 〈국역서애집〉(솔 출판사), 〈징비록〉(김흥식 옮김), 유종호 교수의 〈실패한 역사로부터 배우는 교훈〉 등.

5부
맛과 멋의 세계로 안내하는 예술

음악에 얽힌 몇 가지 사연들

    인간 생활은 궁극적으로 자신이 추구하는 바 이상理想의 실현을 그 목적으로 한다. 여기에서 말하는 이상은 우리가 추구하는 진선미眞善美가 합치될 때 성취하게 된다.

    그러면 이 진선미는 우리 생활과 어떤 관계에서 이루어질 것인가?

    일반적으로 진眞은 학술學術을 통해서 찾아내고, 선善은 인간의 종교활동을 통해서 성취하게 되는가 하면, 미美는 예술을 통해서 미적 감각 즉 맛과 멋을 느낌으로서 감지된다.

    그러면 나의 경우, 진선미 가운데 어느 분야가 더 감동을 주었느냐고 묻는다면 단연 미美 분야라고 대답하고 싶다.

나는 원래 예술과는 무관한 학문을 하였다. 그러나 우리 속
담에 "서당개 3년에 풍월 읊는다堂狗三年佩風月."라는 옛말이 있듯
이 문화예술을 총괄하는 부서인 문화관광부 예술국을 비롯 한
국문화예술진흥원과 예술의 전당 등에서 근무하는 동안 많은
예술인들과 교분을 가지며 또 영화·연극·뮤지컬·오페라 등
여러 장르의 예술작품을 자주 접하다 보니 미숙하지만 문화에
대한 인식과 미적 감성美的 感性을 다소나마 넓힐 수 있는 계기
가 되었다. 그리고 이는 문화의 세기라 일컫는 21세기를 살아
가는 나의 생에 큰 보람이 되고 있다.

예술 장르는 음악·연극·영화·무용·미술·서예 등 많은
분야로 분류할 수 있지만 그 중에도 내가 직접 체험하며 애착

예술의 전당에 근무하던 시절 우면지牛眠池에서.

을 가진 분야는 음악이라 할 수 있다.

내가 음악에 관심을 갖게 된 동기는 해방이 되던 해, 즉 초등학교 3학년부터 졸업할 때까지 줄곧 우리를 담임하였던 윤봉율尹鳳律 선생님 때문이다.

지금 생각하니 윤 선생님은 낭만과 멋을 아시는 젊은 문학도였으며 음악에 대한 정서가 풍부하신 분으로 기억된다.

선생님께서 우리들을 가르치실 때는 너그러운 품성品性으로 정서의 함양에 중점을 두시고 가르쳐 주셨다. 한마디로 문학과 음악으로 우리들을 이끌어주신 마음의 등불이셨다.

해방이 되었음에도 학생들이 너나없이 부르는 노래는 일본 군가軍歌 아니면 일제시대에 숨겨졌던 몇 곡의 유행가였을 뿐 우리의 아름다운 동요나 가곡은 거의 들을 수 없었다. 그런 시기에 선생님께서는 순수한 우리의 가곡 〈마의태자〉 등 몇 곡의 가사와 악보를 흑판에 적고, 흰 백묵을 지휘봉으로 대신하여 그 웅장한 목소리로 부르시며 우리로 하여금 시詩와 음악에 눈뜨게 하셨다.

음악처럼 나를 눈뜨게 한 것이 있었던가.
가을 산이 전라全裸로 솟은
푸른 하늘의 인내인 음악
오, 나는 저주받으며 눈 떴네.
지는 잎새의 음악까지도

가을 전체가 음악인 나의 음악까지도
남해섬과 섬 사이의 사랑인 음악까지도
내 눈에서 다시 음악이 있네.

- 고은高銀* 님의 〈가을 노래〉 중에서

　음악에 얽힌 이야기는 어느 누군들 없을 수가 있으랴마는 대학원 학위수여식이 있는 날이었다. 나의 논문을 지도하시던 교수님께서 나를 부르시더니 "졸업식은 교정에서 마치고 곧이어 자리를 옮겨 교수, 교직원들과 졸업생 일동이 한자리에서 석별의 정을 나누는 송별회가 있으니 그때 이군이 노래를 부르라" 하고 말씀하셨다. 나는 마음속으로 무슨 노래를 할꺼나 고심하던 중 윤 선생님께서 정성스럽게 가르쳐 주시던 가곡을 불렀다. 그리고 나서 앵콜곡을 요청하기에 이태리 가곡 '오 나의 태양 O Sole Mio'을 연이어 부를 수 있는 행운을 가졌다. 물론 다른 분야를 전공한 졸업생도 노래를 불렀다. 그런데 나중에 알고보니 그 자리에는 음악을 전공한 교수들 몇 분도 초청되어 와 계셨다 하니 지금 생각하면 만용蠻勇치고는 보통 만용을 부린 것이 아니었다.

　나는 그때만 하더라도 클래식 선율과 더불어 감동어린 많은

---

* 고은高銀(1933~) : 본명 고은태高銀泰
　전북 군산 출생. 《피안감성》, 《문의 마을에 가서》, 《만인보萬人譜》
　20세 승려가 되었다. 법명은 일초―超 조지훈 등의 천거로 《현대시》에 《폐결핵》을 발
　표. 문단 데뷔. 1962년 환속, 독재시대에 맞서는 재야운동가.

추억이 있었다. 그러나 우리의 세대는 어느 모임이든 클래식 음악을 부르면 도대체 흥이 없을 뿐만 아니라 괜히 고상한 척 하는 것처럼 보이기 마련이었다. 그래서 나 역시 어느 모임에 가든지 대중가요 레퍼토리를 몇 곡 선정하여 불렀으며, 때로는 나름대로 가사와 곡을 붙여 친구들에게 보이기도 하였다.

흔히 칸초네나 클래식을 부르면 고상해 보이고, 대중가요를 부르면 다소 격이 떨어지는 것으로 생각하지만 다 같은 음악 이요, 다만 장르가 다를 뿐이다.

대중가요 가사는 서민들의 삶을 직감적으로 시류時流에 맞게 표현하였을 뿐 결코 클래식에 비하여 유치하거나 저급하지 않 다. 만일 그렇게 생각하는 사람이 있다면 이는 오로지 문화현 상을 올바르게 이해하지 못한 소치로 간주할 수밖에 없다.

주옥같은 가곡을 남기신 우리 음악계의 큰별 홍난파 님도 한 때에는 대중가요 작곡가로 명성을 얻지 않았는가!

회고해 보니 나는 유성기 시대, SP시대, LP시대를 지나서 CD시대에 살고 있다.

내가 유년시절 아버님께서는 경성 지금의 서울에 가실 때마 다 몇 장씩 새 음반을 사 오셨다. 그 중에는 목포의 눈물, 애 수의 소야곡, 나그네 설움, 목단강 편지, 울어라 문풍지 등 주 옥같은 노래가 담겨 있었다. 특히 일본과 한국 할 것 없이 유 행가의 효시였던, 1908년도에 불려져 지금은 일본 정부로부터

문화재로 대접받고 있는 후지야마 이찌로(酒は涙か 溜息か, 藤山一郎) 같은 노래들도 빼놓을 수 없다. 그때 들은 유성기 양판의 음색과 음향이 모르는 중에 나에게 스며들었음인지 부서를 옮길 때마다 전 직원이 모인 연회가 있을 때면 으레히 제일 먼저 나를 지명하여 노래를 부르도록 하였다. 이는 모두 유년시절 대중가요를 많이 접했던 영향이 아닌가 생각된다.

그러나 매사가 환경에 따라 달라지듯이 고급예술만 추구하는 예술의 전당에 근무할 때에는 분위기가 그러함에서인지 클래식을 듣고 부르는 것이 생활의 일부가 되었다. 특히 클래식 오케스트라의 화음, 열정적 연주와 흥미를 자아내는 경연자는 나에게 풍부한 상상력을 선사해 주었으며, 저물어가는 인생에 아름다운 낙조落照처럼 또 한번 나의 정서를 자극하였다.

각설하고, 근래 도시에 나들이 할 때면 음반가게에 가끔 들러 차트에 올라 있는 곡명을 본다. 그러나 귀에 익은 곡이 별로 없을 뿐만 아니라 CD를 통해서 흘러나오는 핑클의 〈영원〉이나 코요테, HOT의 노래는 나를 음치로 만들어 버린다.

어느 분야를 막론하고 세대의 차이는 있기 마련이다. 그러나 갈수록 세대간의 격차는 심해져 요즈음 신세대들의 노래를 듣고 있노라면 마치 외계外界인들이 와서 부르는 것 같이 느껴진다.

먼 훗날 그들이 지금 우리의 연령에 도달했을 때 그때 젊은 이들의 노래 추이는 어떻게 변해질까? 그들도 우리와 같이 세대의 차이를 느낄 정도의 노래가 유행한다면 어떤 노래들이 불려질까? 우리들이 부른 노래들이 복고풍으로 다시 유행될 것인가? 이러한 부질없는 궁금증과 단상들이 자꾸만 꼬리를 문다.

한 시대를 알려면 그 때 유행하던 음악을 보면 안다고 했다. 정중한 음악이 유행을 하면 모두는 아니겠지만 대다수의 국민들은 무게 있고 성스러운 빛으로 살아가게 된다. 미사를 올리는데 양산도를 부르지 않으며, 작부와 어우러져 노니는 자리에 시조창이나 성가를 부르게 할 수는 없는 것이다. 음악은 그 분위기를 조율하는 본체인 것이다.

- 기청산 식물원 이삼우 원장의 저서
《한 촌부가 바라보는 얄궂은 세상》중에서

음악을 즐기는 것도 인격도야의 한 영역이다.

흔히 6례六禮를 말할 때 예악을 빼놓을 수 없다. 고서古書에도 악樂은 선비의 품격을 더해 준다고 하였다.

논어에는 시詩로서 일어나서 예禮로서 서며 음악으로 완성한다(子曰 興於詩, 立於禮, 成於樂)고 한 바와 같이 클래식이든, 가요든, 민요든 간에 음악의 참뜻을 알고 대중과 가까이 하면 우리의 삶의 질이 더 풍요로워 지지 않을까?

셰익스피어의 《오셀로》 감상

한국문화예술진흥원과 예술의 전당에 근무하면서 오페라, 연극, 뮤지컬, 음악 등의 분야에 가히 국내는 물론 세계 정상급 예술가들이 펼치는 작품들을 감상할 기회가 있었다.

대저 내가 감상한 작품 가운데 가장 감명 깊었던 작품을 들라 하면 단연 윌리엄 셰익스피어* 원작 《오셀로Othello》라고 서슴없이 말하고 싶다.

이 작품은 셰익스피어 연극의 본고장인 영국이 자랑하는 국

---

* 셰익스피어Shakespeare, William(1564~1616) : 영국의 시인·극작가.
주요작품《로미오와 줄리엣》,《베니스의 상인》,《햄릿》,《맥베스》
영국이 낳은 세계 최고 극작가
대표적인 4대 비극《햄릿Hamlet》,《오셀로Othello》,《리어왕King Lear》,《맥베스 Macbeth》

보급 공연단 중의 하나인 로열 내셔날 씨어터 Royal National 의 내한공연인 관계로 공연 날짜가 정해진 날부터 나로 하여 금 가슴을 설레이게 할 정도로 기다려지는 작품이었다.

이 작품에 대하여 관심이 많은 것은 나의 학창시절 셰익스피어의 난해한 원전을 되도록 쉽게 풀어서 셰익스피어를 접해보고자 하는 학도들을 위하여 출간하였지만 출판되자마자 세계 각국에서 원전 못지않게 베스트셀러로 자리잡은 C.M.램Lamb 이 엮은 《Tales from Shakespeare》를 감명깊게 읽은 기억이 있기 때문이었다.

《오셀로》가 우리나라에 오게 된 동기는 우리나라가 IMF로 인하여 경제적 어려움을 겪고 있을 무렵에 주한 영국 대사가 한국의 이러한 형편을 보고 한국 국민들에게 무엇인가 위로할 수 있는 방안으로 고심한 끝에 상당한 재정적 부담을 감수하면서 본국 정부에 건의함으로써 이루어졌다. 나는 배경을 알고부터 더욱 값진 기회라고 생각하였다.

명작 《오셀로》는 세계적 문호 윌리엄 셰익스피어의 4대 비극 중에서 가장 명작으로 꼽힌다.

《오셀로》가 명작인 이유는 흑인의 피가 흐르는 '무어인'이라는 핸디캡을 극복하고 상류사회에 진입한 '오셀로'에 있다. 그는 극의 첫머리에는 영웅으로 등장하지만 간악한 부관 '이아고'의 흉계에 말려 아내 '데스데모나'를 의심하고 질투에 사로잡힌다. 그러나 그 자신이 '키프로스' 총독이라는 절대 권력자이기에 권력을 뒤에 업고 전개되는 복수의 전개과정이 더욱 처절하다.

이 연극을 관람하는 관중 중에는 '이아고'의 빈틈없는 음모에 치를 떨게 되고 여기 저기 증오의 한숨소리가 들릴 만큼 생생한 현장감이 감돈다. 사랑, 질투, 애증, 권모술수 등 인간 내면을 잘 형상화한 한편 권력, 인종 등 우리 피부에 닿는 인간사를 상징적으로 보여준다. 특히 인간의 역사가 시작한 이래 언제부터인가 존재하였다는 의처증이 있는 한 남성의 심리적 묘사, 과정, 그리고 비참한 결과를 적나라하게 보여주는 작품이기 때문에 더욱 흥미를 끌고 있다.

윌리엄 셰익스피어는 1564년에 태어나서 1616년 세상을 떠날 때까지 방대한 세계적 문화유산을 남겼다. 일찍이 칼라일은 셰익스피어는 인도와도 바꿀 수 없다고 찬사를 보내기도 했다.

그의 창작활동 기간은 대체로 1590년부터 1611년까지 약 20년간에 이루어졌다. 이 기간 중 우리나라에 있었던 주요 역사적 사실을 들어보면, 1592년 임진왜란의 발발로 나라의 형편이 가장 어려웠을 때 영국의 넬슨과 비견되는 명장 이순신 장군이 누란의 위기에 처한 나라를 구해 내었다. 또 동시대에 이율곡과 같은 대 선비를 배출함으로써 문무양면에 걸쳐 우리 국운國運에 영향을 미친 큰 사건이 있었다. 당시 영국의 국력이나 선진적 문화 등을 비추어볼 때 위대한 과학자나 예술가는 결코 우연히 탄생하는 것이 아니라 꾸준한 국력배양으로 다져진 토양 속에서 탄생한다는 역사적 사실을 잊어서는 안 된다.

다시 보고 싶은 오페라 몇 편

오페라는 음악과 문학, 예술이 합쳐져 다채로운 인간상을 그리며 사람마다의 개성과 심리를 용하게도 잘 표현하는 종합예술이다.

오페라 가수들의 아름다운 노래와 율동, 특히 백미를 이루는 아리아Aria에 빠지노라면 가히 고급예술의 장르로서 모든 공연 중 으뜸의 자리를 유지하고 있는 이유를 알 법도 하다.

오페라와 같은 고급예술의 감상은 전문가가 감상하는 느낌과 아마추어가 감상하는 것이 하늘과 땅으로 비견할 수 있겠다. 그러나 모든 사물에 대한 느낌이 각기 다르듯이 예술도 예외가 아니다. 따라서 나 자신의 오페라 감상이 비록 아마추어의

예술의 전당 근무시 오페라 하우스 앞에서

수준에도 미치지 못한다 할지라도 다음 몇 편의 오페라는 나의 눈과 귀를 사로잡아 오래도록 기억에 남아 있으니 보아도 다시 보고 싶을 뿐이다.

아울러 여기에 적시한 네 편의 오페라는 어쩌다보니 모두가 외국의 작품이다. 그러나 우리나라의 판소리 춘향가라든가 심청가는 외국의 작품에 비해 전혀 손색이 없으며 이미 국제적으로 정평이 나 있는 작품인 만큼 머지않아 국제무대에서 크게 각광을 받을 것으로 확신한다.

라 보엠

절망 속에서 애절한 사랑을 노래하는 푸치니의 《라 보엠》은 프랑스의 작가 앙리 뮈르제의 소설 《보헤미안의 생활》이 원작이다.

라 보엠은 시인 로돌포, 화가 마르첼로, 철학자 콜리네, 음악가 쇼나르 등 각기 다른 개성과 기질을 가진 네 사람의 방랑생활과 우정, 청순가련한 슬픈 사랑을 그리고 있다. 이 작품은 19세기 초엽의 프랑스의 가난한 사람들의 삶을 배경으로 한 작품으로서 100년이 지난 오늘날까지도 무대예술의 극치를 이루고 있다는 평가를 받고 있으니 명작 중에 명작이라 할 수 있다.

어느덧 크리스마스가 다가온다.

줄거리 자체가 크리스마스 시즌에 펼쳐지는 이야기이고 보니 오늘같이 눈이 펑펑 쏟아지는 크리스마스이브에 라 보엠을 본 기억이 떠올라 라보엠을 접하던 때가 더욱 그리워진다.

전 세계 방방곡곡 가는 곳마다 많은 관객들로부터 사랑을 받고 있는 이 작품을 36세의 젊은 나이에 요절한 천재작가 조나단 라슨이 뮤지컬로 연출, 《렌트》라 명명하여 무대에 올림으로서 뮤지컬의 새로운 장을 열었다는 평가와 함께 라 보엠의 인기를 절정에 올려놓았다.

뮤지컬 《렌트》는 가난한 예술가들이 모여 사는 뉴욕의 이스트 빌리지를 배경으로 젊은이들의 꿈과 열정, 사랑과 갈등, 우정 등을 록, 탱고, 발라드, 가스펠 등 다양한 장르의 음악으로 구성한 관계로 뮤지컬의 진가를 맛볼 수 있다.

사랑의 묘약

19세기 이탈리아의 한적한 시골 마을을 배경으로 한 코믹한 줄거리와 감미로운 선율이 어우러지는 2막의 오페라이다. '아니나'를 짝사랑하는 '네모리노'가 딴 남자와 결혼하려는 '아니나'의 마음을 얻으려 떠돌이 약장수한테서 포도주를 사랑의 묘약으로 알고 사 마시면서 벌어지는 해프닝을 그렸다.

전개과정 중 〈남몰래 흐르는 눈물〉은 마을 수비대장 '벨코레'와 결혼을 작정했던 '아니나'의 마음이 '네모리노' 자신에게 돌아서자 기쁨에 겨워 부르는 유명한 아리아로서 관객들의 심금을 울려준다.

카르멘

스페인의 청년과 집시 여인, 투우사 사이의 비극적 사랑 이야기다. 스페인 특유의 경쾌하고 리드미컬한 플라멩코의 선율이 시종 무대를 압도한다. 카르멘은 정열적인 집시처녀 '카르멘', 용기병 '호세'와 약혼녀 '미카엘라', 투우사 '에스카 밀로' 간의 삼각관계를 스릴 있게 그린 4막의 비극으로서 시작에서부터 종료될 때까지 딴 생각을 허용치 않는 긴장을 불러일으키는 작품이다.

이 작품은 이 오페라가 탄생할 수 있었던 스페인 특유한 문화 현상과 역사적 배경을 이해하는데 도움이 된다.

《차탈리 부인의 사랑》

　성性 문화와 문학 속의 성性을 이야기할 때에는 로렌스의 《차
탈리 부인의 사랑》과 밀러의 《북회귀선》, 《남회귀선》을 빼놓
을 수 없다. 위 두 작가는 성性을 심벌로 작품을 완성하였다는
점에서 그 공통점을 찾아볼 수 있다. 그러나 밀러의 작품은 로
렌스의 작품보다 상상력에 자극을 주거나 육감을 불러일으키
는데 무언가 부족한 느낌을 준다는 것이 공통적인 견해이다.

　이런 이유에서인지는 몰라도 내가 학창 시절에 읽었던 《차탈
리 부인의 사랑》은 나의 사춘기에 많은 영향을 주었다. 그런
관계로 서재에 꽂혀 있는 이 책을 먼지를 털어내고 다시 읽어
본 바, 책장을 넘길수록 그때 느꼈던 성性에 대한 단순한 생각

보다 너무나 자연적이며 원초적인 인간의 심연을 들여다보는 것 같았다.

대저 이 작품의 줄거리는 이렇다.

여주인공 '코니'는 15세 때 객지로 나가 음악공부를 하는 데 젊은 남녀들의 개방적인 분위기에 어울려 18세 때 처음으로 남자와 성관계를 경험한다. 그러나 전쟁이 발발해서 귀국하여 귀족 출신의 '클리포드 차탈리' 남작과 결혼한다. 그들은 한 달의 밀월여행을 즐겼으나 '클리포드'는 전쟁으로 하반신에 부상을 입고 마비된 채 돌아온다.

'코니'는 처음에는 불평없이 살아갔지만 성불구자인 남편으로 인해 자기 정체성에 대해 의문이 생기고 걷잡을 수 없는 초조감과 상실감을 느낀다. 그래서 아일랜드 출신의 극작가인 '아미클리스'와 관계를 가져 보지만 여기서도 충족을 얻지 못한다.

'아미클리스'는 명석한 두뇌의 소유자였지만 여성에 대한 따뜻한 애정이 결핍되어 있고 또 성性을 일종의 위안이나 진정제로 생각하는 이기적인 인물이어서 '코니'는 곧 실망한다. 그 후 '코니'는 산지기인 '멜러즈'와 사귀기 시작하면서 비로소 성性에 대해 눈을 뜨기 시작하며 한 여자로서의 정체성을 느낀다.

한편, 아내의 외도外道에도 성적 질투를 느끼지 않는 '클리포드'는 '코니'에게 다른 남자와 관계해서라도 자기 대代를 이을 자식을 낳아줄 것을 희망한다.

그러나 '클리포드'는 '코니'가 다른 남자와의 관계는 묵인하면서도 계급이 낮은 '멜러즈'의 씨를 잉태한 사실에 대해서는 이해하지 못하고 분노한다. 이런 와중에 남편이 이혼을 거부함에도 불구하고 '코니'는 다른 농장의 일터를 찾은 '멜러즈'와 충실한 삶의 새 출발을 준비하게 된다는 것으로 끝을 맺는다.

이 책의 저자 D. H. 로렌스는 1885년 영국의 어느 탄광촌 고아부의 아들로 태어나 《침입자》, 《무지개》, 《영국이여, 나의 영국이여》 등 많은 저서를 출판했다. 이후 43세가 되던 1928년에 세계적으로 센세이션을 일으킨 《차탈리 부인의 사랑 Lady Chatterley's Love》을 출판, 세상에 내어놓음으로서 한때에는 호색문화好色文化의 표본처럼 문제가 되기도 하였다. 그래서 너무나 선정적이라는 이유로 당국으로부터 판금 또는 부분 삭제되는 등 시련을 겪기도 하였으나 독특한 문학적 가치를 인정받아 긴 세월이 지난 후 드디어 1960년에야 무삭제판의 출판이 허가되었다.

이 책이 출판될 때까지의 에피소드 하나.

대담한 성애 묘사 때문에 타이피스트가 작업을 거부함으로서 친구의 부인이 타이핑을 완성하였다는 일화가 있다.

나는 학창 시절에 계몽주의적 성격이 짙은 심훈 님의 《상록

수》혹은 이광수 님의《사랑》이라든가 박계주* 님의《순애보》등 플라토닉 러브 스토리라 할 수 있는 순정소설을 접하면서 진정한 사랑이란 무엇인가를 깨닫게 되었다. 한편으로는 방인근 님의《애정쌍곡선》등 다소 선정적인 소설을 돌려보며 얼굴을 붉힌 기억도 떠오른다.

그때만 하더라도 성에 대한 편견 탓으로《차탈리 부인의 사랑》은 외설물로 취급하는 경향이 있었다. 그러나 40년이 지난 오늘날에는 독서를 즐기는 사람이면 누구나 이구동성으로 성을 생명의 근원으로 보며 신성시한다.

그래서 이 작품도 성을 통해 인간본능의 한 단면을 속박에서 해방시켜 삶의 균형과 조화를 이루도록 하는 예술적 완성도가 매우 높은 작품으로 평가하고 있다.

나는 해마다 주요 일간지에서 발표되는 신춘문예 당선작을 거의 빠짐없이 읽고 있다.

매년 주제의 다양성에 놀라기도 하지만 근래 성性을 내용으로 하는 소설의 당선 비율이 높아지고 있는 추세이고 보니 아마 성性에 대한 개방풍조가 낳은 결과가 아닐까 생각한다.

놀랍게도 금년(2003년) 조선일보 신춘문예에 단편소설부문 당

---

* 박계주朴啓周(1913~1966) : 소설가. 만주 간도間島, 주요저서《순애보殉愛譜》,《갈매기 소묘》,《사슴의 관冠》
1938년 장편《순애보殉愛譜》가 매일신보每日新報에 당선 문단 데뷔.
많은 작품을 썼으나 주로 통속소설의 영역에서 벗어나지 못해 문학사적으로는 별로 논의의 대상이 되지 못함.

선작인 《구멍》을 읽어보니 성性에 대한 인식이 마치 몇 세대를 단숨에 뛰어넘은 것같이 느껴진다.

이 단편의 플롯은 주인공이 엄마의 정사장면을 목격하고 입은 정신적 외상이 급기야 양성애의 함몰로까지 비약하는 일련의 과정을 그리고 있다.

그런데 오히려 《차탈리 부인의 사랑》에서 묘사한 성애의 표현보다 더 관능적이며 더 외설적이라고 느껴진다. 때문에 오늘날 이러한 성性모랄의 파괴가 곧 인간성의 상실로 이어지지나 않을까 우려된다.

그는 엄마의 술집 한 구석에 있는 아주 조그마한 창고(창고 비슷한 곁방)에서 생활하고 있었다. 부엌과 통하는 뒤쪽 셔터 문을 두드리려는 순간 문은 아주 부드럽고 자연스럽게 검은 아가리를 벌렸다. ─중략─

붉은 내등이 켜진 좁은 방을 지나 창고를 향해 나는 조심스럽게 발을 내딛었다. 그때 환하게 불이 켜진 창고 문틈 사이로 눈부신 엄마의 등이 보였다. 하얀 그녀의 피부는 형광등 불빛에 반짝였다. 규칙적으로 흔들리는 그녀의 허리, 삼촌의 다리 위에 올라 앉아 등을 젖히고 신음소리를 내고 있는 엄마의 모습은……, 아름다웠다. 나이에 맞지 않게 잘록하게 들어간 허리, 풍만한 엉덩이 선, ─중략─ 난 며칠 동안 엄마의 얼굴을 똑바로 보지 못했다. 그녀의 얼굴을 볼 때마다 죄의식이 느껴졌다. 두 사람의 벌거벗은 몸뚱어리를 본 것이

220

내 죄목이었다. 벌거벗은 엄마의 하얀 등, 허리 그리고 엉덩이로 이어지는 곡선이 머리속에서 지워지지 않았다.

            – 조선일보 신춘문예 당선작 단편소설 《구멍》 중에서

까뮈의 장편소설 《이방인異邦人》

알제리가 무대인 이 소설은 1942년에 세상에 나온 명작으로서 그 줄거리를 요약하면 소설의 주인공인 '뫼르소'는 그의 어머니가 죽은 이틀 후 해수욕장에서 여자 친구 '마리'를 만나 영화도 관람하며 즐거운 시간을 보내다가 밤이 되자 그녀와 깊은 관계에 빠진다.

그는 같은 아파트에 기거하고 있는 건달 같은 '레이몽'이 친구가 되어 달라고 간청하자 순순히 응한다.

뫼르소는 레이몽과 함께 마리를 데리고 아름다운 휴양지가 있는 해변으로 간다. 그러나 그들은 그곳에서 아라비아인들의 습격을 받아 레이몽이 부상을 입자 뫼르소는 레이몽을 데리고

의사에게로 간다.

그는 따거운 태양이 비치는 해안을 따라 산보하던 중 아라비아인이 보이자 아라비아인을 쏘아 죽인다.

감옥에 갇힌 뫼르소는 독방에서 죽음에 대한 문제와 대결한다. 그의 마지막 희망이라면 그가 처형되는 날 많은 구경꾼들이 모여들어 증오의 함성을 울려 주기를 원한다. 그렇게 된다면 그는 마지막 순간까지 자신이 행복하다고 생각한다.

이 소설의 저자인 '알베르 까뮈*'는 인간의 실존과 부조리에 대해 깊이 탐구한 대표적인 문학가로 평가받고 있다.

어머니를 양로원에서 죽게한 일, 장례식 이튿날 정부情婦와 불륜을 저지른 일, 건달의 친구가 된 일, 해안가에서 아라비아인의 살인 등, 이 모든 것을 작품 속에 유난히도 많이 등장하는 '햇빛'의 탓으로 돌리려는 뫼르소의 소동이 거만하기 그지없다. 그럼에도 세상의 다른 한 편에서는 정의라는 허울좋은 이름으로 인간사회에서 쫓겨난 그를 감싸준다.

이 두 가지 상충되는 부조리는 인생의 참 의미와 가치로 편입시키려는 우리의 주관적인 의지와 인생은 근본적으로 무의

---

* 알베르 카뮈(1913년~) : 알제리 몬도비 출생.
  1957년 노벨문학상 수상. 1960년 자동차사고로 사망.
  주요저서 〈이방인〉, 〈시지프스의 신화〉, 〈페스트〉 등.
  부조리의 가운데서 정의와 인간성을 찾으려 했던 휴머니스트.
  마르크시즘과 니힐리즘에 반대하며 사르트르와 논쟁 함.

미하고 불합리한 존재 그 자체이며 우리의 앞에는 종국에 가서는 죽음이 기다릴 뿐 미래는커녕 내일도 예측할 수 없는 무순 속에서 서로 상주되는 상황을 맞는다.

이러한 상황은 뫼르소가 옥중에서 체험한 것처럼 인간이 생각하고 있는 평균적인 가치와 관습의 허울은 벗겨지고 사람들은 돌아갈 고향도 없고 아무런 희망은 보이지 않는 절대적인 고집 속에 버려진 이방인임을 깨닫는다.

더군다나 재판 과정에서 발언기회를 얻지 못하고 또 다른 변호사의 의견이 곧 자신의 의견이 되어버린다. 그래서 얻게 된 대중들의 동정심과 한편으로는 범죄적 인간으로 간주하는 대중심리의 양면성을 보여준다. 그 사이에서 부조리를 체감하며 살다간 뫼르소도 인간이기 때문에 감정이 메말라 가는 우리시대의 있을 수 있는 하나의 자화상으로 비추어진다.